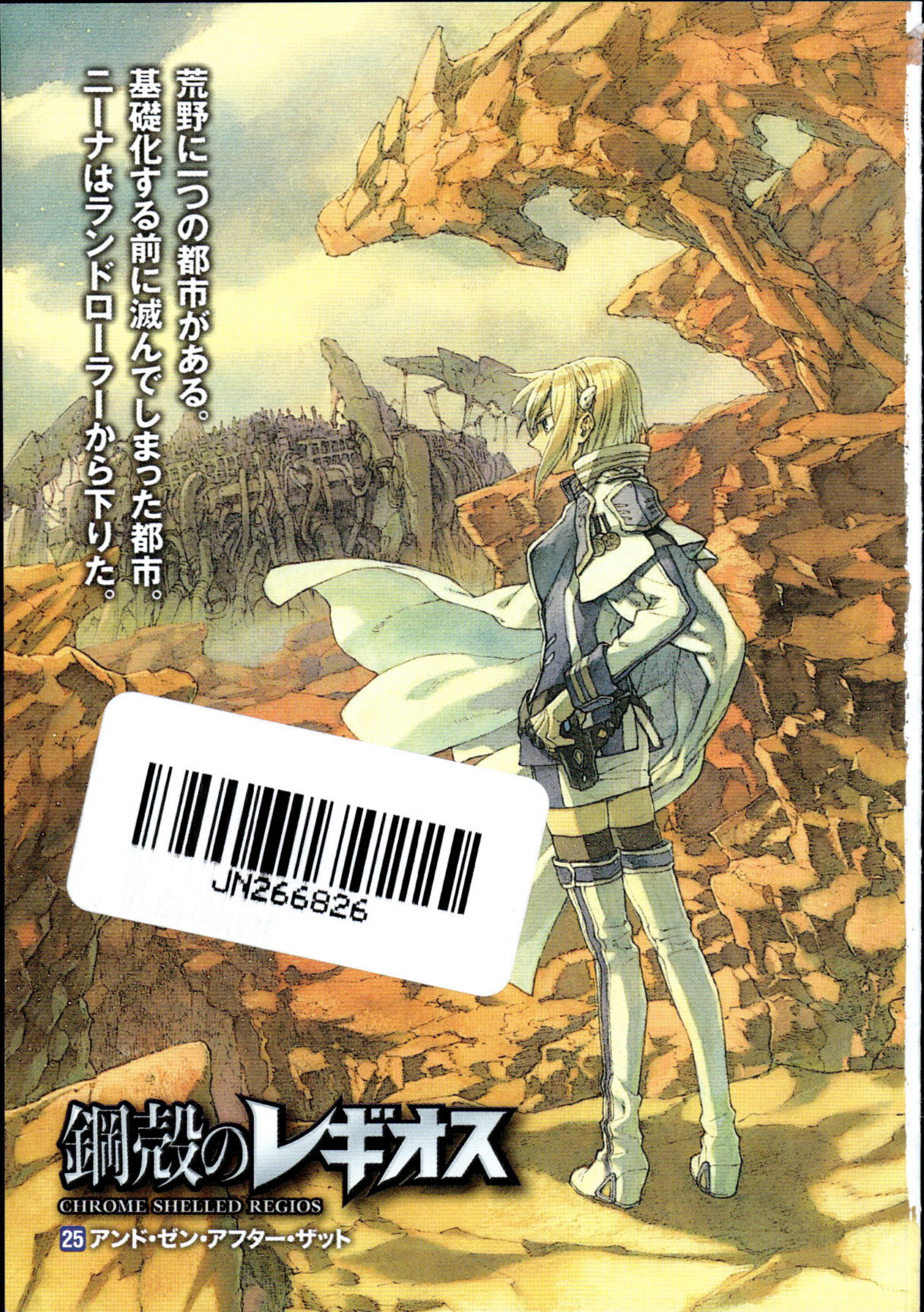
荒野に一つの都市がある。
基礎化する前に滅んでしまった都市。
ニーナはランドローラーから下りた。
JN266826
鋼殻のレギオス
CHROME SHELLED REGIOS
25 アンド・ゼン・アフター・ザット

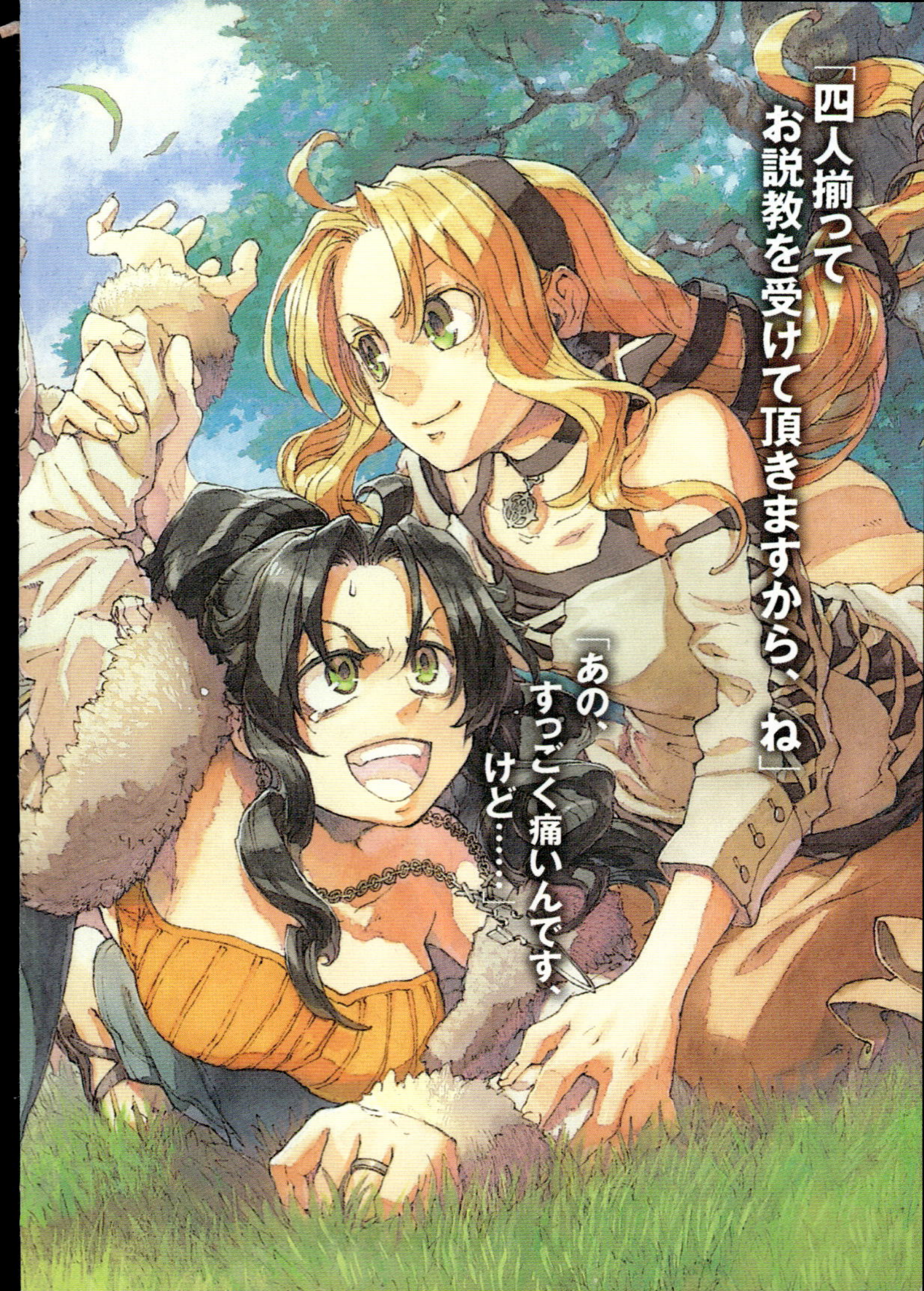
「四人揃ってお説教を受けて頂きますから、ね」
「あの、すっごく痛いんです、けど……」

アルシェイラを掴む
リーリンの手が力を強める。
雰囲気の変化に
子供たちも気付き、
顔色を変える。

「あいかわらず、
とんでもない到力だな」
彼と彼女は、
青の炎を纏った獣に乗って現れた。
「レイフォン！
フェリ！」

鋼殻のレギオス25
アンド・ゼン・アフター・ザット

雨木シュウスケ

ファンタジア文庫

2066

口絵・本文イラスト　深遊

目次

アーリー・ダイヤモンド

放浪《ほうろう》バスの横腹にけたたましい音が響《ひび》く。

外縁部《がいえんぶ》の緩衝《かんしょう》プレートに車体が叩《たた》きつけられた音だ。

そう書かれた垂れ幕は車窓から覗《のぞ》く光景に安堵《あんど》の声が漏《も》れる。

『ようこそツェルニへ』

放浪バス停留所のどこからでも見えそうなほどに大きい。

長い旅の終わりを告げられた乗客たちは窓から見えるツェルニの光景に見入り、停留所近辺で働く学生就労者たちに手を振《ふ》った。

乗客の八割以上が同年代のように見える。その他《ほか》は都市間を移動し情報を売買する自由商人や、都市企業《きぎょう》のエージェントたちだろう。

「間に合ったみたいだね」

「ああ」

隣《となり》に座る幼なじみの明るい声に、ニーナは応じた。

「着いたんだな」

学園都市ツェルニ。

今日からここが、ニーナの新しい都市だ。

入学式は問題なく終わった。真新しい制服の感触《かんしょく》と剣帯《けんたい》のない腰《こし》の軽さが落ち着かないが、それもすぐに慣れるだろう。

「すぐに錬金科《れんきん》に行けないのがね」

錬金鋼《ダイト》の技術を学ぶためにやってきたハーレイはそんな不満を零《こぼ》すが、表情にはそれほど出ていない。きっと、新しい場所での興奮がまだ消えていないのだろう。

入学してすぐに錬金鋼《ダイト》の携帯《けいたい》が許されないのはニーナも不満だが、それも半年の我慢《がまん》だ。いや、もしかしたら半年も我慢しなくてもいいかもしれない。

「武芸科は一年生中心の試合があるって聞いたけど」

「ああ。今年は都市間戦争の時期だからな。戦力の査定をするための試合があるみたいだ」

「出るの？」

「自分の実力を確かめるには最適じゃないか」

実家では都市間戦争への参加はまだ許されていなかった。だが、ここは学園都市。武芸者のほとんどがニーナとそう歳《とし》が変わらない。実力を示せば活躍《かつやく》することもできる。

「まぁ、学園都市同士の戦争は、武器制限とかあって安心だっていうけど……」

「なんだ、心配してくれるのか？」

「ニーナになにかあったら、僕が帰りづらくなるじゃないか」

率直《そっちょく》な言葉をニーナは一笑《いっしょう》に付した。

「なにも言わせやしないさ。それより、わたしが錬金鋼《ダイト》を持てるようになったら調整は頼《たの》むぞ」

「もちろん、それは僕の仕事だよ」

ハーレイの心強い同意にニーナは頷《うなず》いた。

†

鬱陶《うっとう》しいほどの歓声《かんせい》が会場には満ち満ちていた。

「お疲《つか》れ」

「ああ……、ありがとう」

試合は十人ごとのブロックに分かれて行われる。総当たり戦によって勝利数が最も多かった者《もの》がブロックを抜《ぬ》け、そこからはトーナメント戦に変化する。

一試合終えたニーナにハーレイはスポーツドリンクを差し出した。ベンチに空きがないので壁際《かべぎわ》に座る。隣にたてかけた練習用の鉄鞭《てつべん》がずれてニーナの肩《かた》によりかかって来ていた。

「連勝だね。調子はどう？」

短期間で終わらせるため、ブロック戦は今日だけで、しかもトーナメント戦も明後日《あさって》の内に終わらせるという。そこら中で別のブロックの戦いが行われ、あちこちで激しい衝撃《しょうげき》音と気勢が飛び交《か》っている。二人の声は自然、大きくなった。

「剄《けい》の走りが悪い。やはり模擬《もぎ》武器ではだめだな」

「いつも使ってる黒鋼錬金鋼《クロムダイト》よりは、いいと思うけど。安全装置の問題かな？」

「そういう問題じゃなく、なんというか……扱《あつか》いづらい。やはり、お前のじゃないとだめだな」

そう言われるとハーレイも嬉《うれ》しくなる。ニーナの学園都市行きにはいろいろと問題があったが、来て良かったなと思った。

「この試合で勝てば小隊入りできるかもしれないし、そうなったら錬金鋼《ダイト》も早く持てるよ」

「そうだな」

呼吸を整えることに集中するニーナの返事は短い。目もいまやっている試合からは離《はな》れない。真剣《しんけん》そのものだが、口元はどこか楽しそうでもあった。仙鶯《せんおう》都市シュナイバルにいる時はこういう公式の試合には出してもらえなかったので、嬉しいのだろう。

ニーナの実家、アントーク家は武芸者一族としては名家の部類に入る。シュナイバルが現れた時からの一族だというのだから、たぶん、一番古いのではないだろうか。

ハーレイの家は一般人《いっぱんじん》だ。ただ、こちらも代々、錬金鋼《ダイト》を扱う仕事を家業としているため、武芸者との関《かか》わりは深い。ハーレイはニーナと同い年ということでその話し相手となり、こうして同じ学園都市に向かうほどに仲良くなっている。

「ニーナ・アントーク」

「はいっ！」

呼ばれ、ニーナが試合場に赴《おもむ》くのを見送る。

(ま、恋人《こいびと》とかではないわけだけど)

そのことも特に寂《さび》しいとは思わない。ハーレイにとっても、ニーナは親戚《しんせき》の異性ぐらいの気分だ。

試合が始まる。

「いやぁぁぁぁぁぁっ！」

ニーナの気合が高く響き、剄が空気を揺《ゆ》する。

本格的に動き出せば、一年生の未熟な武芸者であってもハーレイの目で追えるものではない。どうなっているのかはわからないが、ニーナの勝利を疑うことはなかった。

「？」

頭の中で彼女の持つ錬金鋼《ダイト》のパラメーターについて考えていると、後頭部にむずがゆい感覚を覚えた。

振り返ると、少し離れた場所、会場への入り口付近に車椅子《くるまいす》の少年がいた。同じ一年生だろうか。隣には戦闘服《せんとう》を着た武芸者がいてなにかを話しかけている。だが、その少年は隣にいる武芸者の話を聞いているのかいないのか、視線はこちらに向きっぱなしだった。

正確には、視線はハーレイを飛び越《こ》してニーナの試合に向けられている。

顔は良いのに、とても暗い目をしていた。そして鋭《するど》い。

隣の武芸者はそんな彼に熱心に話しかけ続けている。しかし車椅子の少年は車輪を操作して方向を転じると試合会場を後にした。

一度もその武芸者を見ることはなかった。その彼の方も諦《あきら》めたようなため息を零しただけで、自分のブロックへと移動していった。

「……ん？」

ハーレイにできることといえば、首を傾《かし》げることだけだった。

ニーナはブロック戦を圧勝し、トーナメント戦へと進出した。

そのトーナメント戦も無難に勝ち抜き、優勝を収めた。

†

第十四小隊から声がかかった。

隊長のオゼルク・ハンクライは六年生。最年長組だけあって、その精悍《せいかん》な風貌《ふうぼう》は同年の武芸者たちから比べればかなり際立《きわだ》っていた。だが、目は優《やさ》しげな笑《え》みを自然と浮《う》かべている。なんだか、森の中で悠然《ゆうぜん》とたたずむ大樹のような雰囲気《ふんいき》の男だ。

一緒《いっしょ》にやって来ていたシン・カイハーンは三年。こちらは細身のやや派手な男だ。飾《かざ》り立てた鳥のような雰囲気がある。

大樹と鳥。第一印象だが、なんだかいいコンビのように見えた。

だが、シン個人に対してはあまり良い印象を持てなかった。

軽薄《けいはく》な印象がニーナにとって馴染《なじ》みのないものだったからだろう。ニーナがこれまでに接したことのある男性は、父を代表に重厚感のある人たちが多かった。オゼルクはその中に該当《がいとう》するが、シンはそれとは真反対とまではいかなくとも、いままでの男とはまるで違《ちが》う。

それでも、オゼルクの人柄《ひとがら》が信頼《しんらい》のおけるものだということは一目でわかったし、それに名誉《めいよ》なことでもある。入学してすぐにツェルニ武芸者のエリート集団に認められるというのは、なんともあっけない気持ちもあったが、それでもニーナはこの申し出を受けた。

次の日には、ニーナの手には第十四小隊のバッジと帯剣《たいけん》許可証があった。

その許可証によって手に入れた錬金鋼《ダイト》を持って、ハーレイは錬金科の実習教室を借りた。

「さーてと……」

空き時間に無理を言って借りたのだ。あまり時間はない。ハーレイは手早く携帯端末《けいたいたんまつ》を起動させて準備を開始した。

まだ一年生の、錬金科でもないハーレイが錬金鋼《ダイト》の調整をするという話に、オゼルクは苦い顔をしたという。だが、ニーナはハーレイの来歴を説明し、無理にそれを押し通した。

ハーレイにとっては嬉しいことである。

「でも、ちょっとわがままかな」

ハーレイが錬金鋼《ダイト》技師の一族で育ち、ニーナの錬金鋼《ダイト》の調整を手伝って来たのは事実だ。

ニーナの鉄鞭を彼女が使うのに最適な調整をするのには自信がある。

しかし、ここはシュナイバルではなくツェルニなのだ。入ったばかりの一年生にやらせた方がマシだと解釈《かいしゃく》されて、面白《おもしろ》くないと思う人がいたとしてもおかしくない。

そんな周囲の気分を払拭《ふっしょく》するには、ハーレイがちゃんとしたものを作らなければならない。

「やるしかないよね」

自分に活を入れて、ハーレイはデータを打ちこみ始める。まずはシュナイバルを出る前までニーナが使っていた錬金鋼《ダイト》のデータを打ちこむ。そこからさらに、その時点から現時点までのニーナの身長体重及《およ》び筋力の変化を考慮《こうりょ》して修正を加えていく。双《そう》鉄鞭を使うニーナを想定したシミュレーションプログラムはずっと前に作っている。ニーナにしか適用できないのが痛いところだし、アントーク家の鉄鞭技は一応門外不出なので、このシミュレーションを他の誰にも見せられない。ハーレイ、というよりもサットン家の人間だからこそ、信頼されてこんなプログラムを組むことを許してもらっているのだ。

新しいデータをもとにプログラムを走らせ、動きにおかしなところがないかを確かめていく。昨日の内からすでにやっていたので、これはあくまでも念のための作業だ。

武芸者の戦いは、その身体能力から高速の世界によって行われる。わずかな設計ミスがよけいな風圧を生み、速度を減衰《げんすい》させることになりかねない。

それはわずかな傷でも死に繋《つな》がる都市外戦闘や、一撃《いちげき》で人を簡単に殺すことができる汚《お》染獣《せんじゅう》を相手にした時に致命的《ちめいてき》な問題となるのだ。

自分が手を抜けば、それだけでそれを使う武芸者の命に関わる問題となる。

気は抜けない。

ハーレイは時間の許す限り、あらゆる角度から確認《かくにん》していった。

「問題ないかな？」

大きな問題があるようには思えない。

「よし、じゃあこれで」

設定が決まり、後は決定ボタンを押すだけでニーナの鉄鞭が完成する。

ハーレイがまさにボタンを押そうとしたその時、ドアが開いた。

「え？」

実習室中に破裂《はれつ》したような激しい音が満ちた。

引き戸を思い切り、力任せに開けられたのだ。

反射的に振《ふ》り返ったハーレイは、足音荒《あら》く入ってくる男たちを見た。服装は武芸科だ。

だが、その顔はハーレイの見慣れた武芸者たちとは違い、どこか荒《すさ》んだ雰囲気を宿している。

「あの……すいません、ここいま、僕が借りてるんですけど」

嫌《いや》な予感がした。

それでもハーレイはなにかを期待して彼らにそう言ってみた。

男たちは三人。彼らはハーレイの言葉を聞いてもにやにやと笑うだけで答えない。

「あの……」

威圧《いあつ》されて動けないハーレイを男たちは囲んだ。

「なんですか？」

「ああ。お前さんにちょっと痛い目見てもらおうと思ってな」

「へ？　ええっ!?」

「だいじょぶだいじょぶ、ちょっと腕《うで》一本折らせてもらうだけだから」

「病院行けば三日で治るし、気になんねぇよな？」

「いや、なりますって！」

状況《じょうきょう》が理解できないが、とにかく理不尽《りふじん》なことが起きようとしていることだけは確かだった。

近隣《きんりん》に他《ほか》の教室があるはずなのに、誰《だれ》かが覗《のぞ》きに来る様子がない。おかしい。そう思うが、いまのハーレイは息ができない魚のように口をパクパクさせるだけしかできなかった。

「まっ、運が悪かったと思いな」

そう言って、一人がハーレイの腕を摑《つか》む。

やられる。ハーレイは次にくる痛みを想像して目を閉じた。

「待て」

「あ？　ぎゃっ！」

目を閉じている間に、新しい声がした。暗い声だった。だがその声がしてから腕を摑む手の感触《かんしょく》がなくなり、そして悲鳴、激しい音が続いた。

「……へ？」

おそるおそる目を開けると、そこにはこの間の車椅子の少年がハーレイと男たちの間にいた。

一人が、床《ゆか》に倒《たお》れて伸《の》びている。

「なんだてめぇ!?」

残った二人が少年を威嚇《いかく》する。だが、少年はまるで動じた風もなく、鬱陶《うっとう》しそうに男たちを見ていた。

着ている制服は一般《いっぱん》教養科だ。それなのに、武芸者を相手にして堂々としている。

「うるさいぞクズどもが。誇《ほこ》りがないなら黙《だま》ってゴキムシの真似事《まねごと》でもしていろ」

ぼそぼそとした話し声だが、聞き取れないような声量ではない。

男たちの表情が一瞬《いっしゅん》にして沸騰《ふっとう》し、少年に殺到《さっとう》した。

殺される。そう思った。

しかし、そうはならなかった。

実習室に強風が吹《ふ》き荒《あ》れた。携帯端末が一瞬浮《う》き、がたんと音を立てる。

ハーレイの目の前でそれは起こった。少年が車椅子の車輪に置いていた手を離《はな》し、二人の男が突《つ》き出した手を取っていた。

二人の男は、天井《てんじょう》に足を向けていた。逆さまになっているのだ。

少年が悠然と腕を振ると男たちは、すでに気絶していた男の上に叩《たた》き落とされ、動かなくなった。

「…………」

ぽかんと口を開けるしかない。再び車輪に腕を戻《もど》した少年は、長く気だるげな息を吐《は》くとハーレイに向き直った。

「あ、ありがとう」

どうしていいかわからず、頭を下げた。

「………」

少年はそれを無視して、携帯端末の画面を眺《なが》めている。かなり整った顔立ちなのだが目つきはこの間見た時と変わらず鋭《するど》く、長い前髪《まえがみ》のせいもあって陰気《いんき》だった。

「あの……」

どうしていいかわからず、ハーレイは少年に呼びかけた。

「左の重心を三ミルメル下げろ」

「え？」

「右はそれでいいだろう。だが、左は重心を下げて負荷を減らした方がいい」

それだけを言うと、その少年は気絶したままの男たちを鬱陶しそうに見下ろした。

大きな卓《たく》の並ぶ実習室は、通路が狭《せま》い。車椅子《くるまいす》を使うには、倒れた彼らは非常に邪魔《じゃま》だった。

結局、都市警察の人たちが来るまでの間、彼はそこにいた。

彼は始終機嫌《きげん》が悪そうだが、それは少なくともハーレイに対してなにか怒《おこ》っているわけではなさそうだった。

自己紹介《しょうかい》もできた。彼の名前を知ることもできた。

キリク・セロン。

ハーレイのこの一件はすぐにニーナの耳にも届いた。

教えてくれたのは眠《ねむ》たそうな目をした二年生の女子だった。昼休憩《きゅうけい》を使って就労募集《ぼしゅう》の掲示板《けいじばん》を眺めているところで話しかけられたのだ。

「それは、本当ですか？」

武芸者が一般人を襲《おそ》う。その構図がニーナには理解できないものだった。武芸者の力を一般人に使うことはどの都市でも厳しく禁じられている。どんな軽傷でも故意と判断されれば、その罰《ばつ》は一般人の数倍から数十倍にまで及び、場合によって都市外強制退去……いわば死刑《しけい》もありえる。

武芸者と一般人の身体能力には大きな差があり、両者が共同で暮らすにはそれぐらいの厳しさが必要なのだ。

その代わり、なにかあった時に無抵抗《むていこう》にならざるを得ない武芸者を保護する法も整備されている。

「あの時間は武芸科の生徒は授業で他の所にいたからね〜、誰も助けに行けなくてあぶなかったんだよ〜」

間延びした話し方がニーナの沸騰しそうな頭に水を差してくれる。それでなんとか冷静さを保つことができていた。

許し難《がた》い行為《こうい》だ。

「誰なんですか、そいつらは？」

「実行犯は捕《つか》まったわよ～。彼にも怪我《けが》はないから安心して」

怪我がないのは知っている。すでにニーナの腰《こし》にはハーレイが調整した錬金鋼《ダイト》が吊《つ》るされてある。渡《わた》された時には、彼は一言もそんなことは言わなかった。

「あいつめ」

ここにいないハーレイに毒づくと、ニーナは思考を先に進めた。

入学したばかりのハーレイが素行の悪い武芸者に狙《ねら》われる理由がわからない。なにか別の思惑《おもわく》があってハーレイに近づいたはずなのだ。

では、なんのために？

考えるまでもない。入学したばかり。お互《たが》い、友人らしい友人を作ってもいない。最も近しい存在は、お互い同士でしかない。

「わたしへの嫌がらせか？」

ニーナの身に起きた大きな変化……入隊しかない。もしかしたらそれが原因なのか。

「ガトマン・グレアーよ」

「え？」

女生徒がやはりのんびりとその名前を口にした。

「ガトマン・グレア〜。武芸科の三年でぇ、素行の悪さと技倆《ぎりょう》でわりと有名よ。ただ〜、素行が悪いからことごとく小隊に入るチャンスをふいにしてるって話だけど」

「……そいつがわたしを狙ったと？」

「第十四小隊にけっこうアプローチしてたみたいね。隊長さんも彼が更生《こうせい》するのならという条件を出してたんだけど、どういうわけかあなたが入隊することが決まったから、彼の野望はまた残念賞になっちゃった」

間違《まちが》いないだろう。この女性もそうだと思ったからニーナにその話をしているのだ。

「ありがとうございます。ええと……」

「セリナよ〜、セリナ・ビーン」

「ありがとうございます。では……」

「あっ、待って〜」

背後でセリナの呼びとめる声がしたが、ニーナは止まれなかった。

聞こえてはいたが、もう止まれなかったのだ。

午後からの授業をふいにした。その後には初めての小隊訓練があった。顔合わせの日だったのだが、そのこともニーナの頭の中にはなかった。

どれだけ時間が経《た》とうとも決して冷めない熱が、ニーナを支配している。怒《いか》りだ。ハーレイに手を出されたこともそうだが、ニーナに対する恨《うら》みを彼にまず向けたというやり方が気にくわない。

自分の願いがかなわなかったからと、闇討《やみう》ちしようとする考え方ももちろん気に入らない。

ガトマン・グレアー。

その存在のなにもかもが気に入らないのだ。

彼の溜《た》まり場《ば》を見つけるのに、夕方までかかってしまった。

そこは雑居ビルの中にあった。上級生向けに作られた酒類専門のバーのようだ。ドアの前にある看板には生徒会の定めた年齢《ねんれい》制限のマークがある。ガトマンは三年。本来ならこの店にはまだ入れないはずだ。

閉店の木札が吊るされているが、中からは大音量の音楽が流れている。ニーナはドアを壊《こわ》す勢いで店内へ足を踏《ふ》み入れた。

中はとうてい客を招き入れるような空間だとは思えなかった。明らかに掃除《そうじ》が行き届いていない。汚《よご》れがそこかしこにあり、床には食べカスが残り、乾燥《かんそう》していた。零《こぼ》れたアルコールの臭《にお》いが鼻を突き、ニーナは顔をしかめ、そして店内にいる人物を睨《にら》み付けた。

店内はソファの背を利用してテーブルごとに区画分けされている。目的の人物は店の一番奥にいた。

「お前……」

「きさまがガトマン・グレアーか!?」

勁《けい》をこめた声が店内を震《ふる》わせ、ガトマンの近くにあった酒瓶《さかびん》が破裂《はれつ》した。わずかに残っていた液体が彼の口元に張り付く。それを舐《な》め取り、ガトマンは立ち上がった。彼の周りにいた取り巻きらしき男たちもそれに倣《なら》った。

五人……みな、武芸科生徒だ。

全員が、ハーレイを襲ったあの連中と同類ということなのか。

「恥知《はじし》らずどもめ」

思わず口から出た言葉に男たちが反応した。

それをガトマンが手で制する。

「よう、新入生。お前も仲間に入りたいのか？」

「寝言《ねごと》の相手をする気はない」

ガトマンの言葉を切って捨て、いつでも錬金鋼《ダイト》を抜《ぬ》ける構えを取る。

「ハーレイに手を出したな、なぜだ？」

「生意気だからだ」

「なんだと？」

「一年の分際で小隊に入るお前もそうだが、一年の分際で錬金鋼《ダイト》の調整なんぞやるガキも同様だ。痛い目みないとわかんねぇだろ」

笑いながら、ガトマンはそう言った。

「身の程《ほど》をわきまえろ、一年」

「分際？　分際だと？」

その言葉に、ニーナの怒りはさらに濃度《のうど》を増した。

「分際の話をするのなら、貴様はクズの分際でなにをほざく！　未来を夢見てやってきた者たちにとって、お前たちのような者は邪魔でしかない。分際をわきまえろ！」

「……言うじゃねぇか」

ガトマンの手が剣帯《けんたい》に伸《の》びた。

ニーナも錬金鋼《ダイト》を剣帯から抜き出す。

「レストレーション」

復元鍵語《ふくげんけんご》がほぼ同時に店内を走った。ニーナの手に二振《ふ》りの鉄鞭《てつべん》が現れ、ガトマンの手には大振りのナイフが現れる。

(ナイフ?)

ガトマンはどちらかといえば大柄《おおがら》に類する体型だ。その人物が小回りを重視したナイフを手にしていることに引っかかりを覚えた。

だが、ニーナの怒りはそんな躊躇《ちゅうちょ》を無視して彼女の背を押す。ガトマンの取り巻きが動く様子はない。それどころかその場から退《ひ》いて二人が戦うための空間を作っている。

ガトマンから動いた。

(速いっ!)

蹴《け》り足の反動がソファを砕《くだ》き、ガトマンの体がニーナの眼前にまで移動する。

上段の大きな構え、振り下ろされる。ニーナは左の鉄鞭で受け止めた。ナイフに絡《から》まっていた剄が衝剄《しょうけい》へと変化する。ニーナも受けた鉄鞭で衝剄を発する。衝撃《しょうげき》が食い合い、無色の爆発《ばくはつ》が起こる。弾《はじ》ける衝撃波の振動《しんどう》がニーナの目を一瞬《いっしゅん》、使えなくした。

それでも、身をよじったのはなにかの予感があったからだ。

腹部……右のわき腹に熱が生まれた。

「っ！」

刺《さ》された痛みにニーナは後退する。衝撃はガトマンの動きも束縛《そくばく》し、追撃はなかった。

視力はすぐに回復した。

右のわき腹に血の染《し》みが広がっている。

床《ゆか》に小振りのナイフが転がっていた。

錬金鋼《ダイト》のものではない。普通《ふつう》のナイフだ。腹筋が進入を拒《こば》み、内臓にまでは達していない。後退した時に抜けたことがその証拠《しょうこ》だ。

ガトマンのにやけた顔が目に映る。左手に同じ形のナイフが二本、まとめて握《にぎ》られていた。ブレザーがめくれ、内側がわずかに見える。ずらりと並んだナイフの姿が目に飛び込んだ。

投擲《とうてき》用のナイフを大量に仕込《しこ》んでいる。

「貴様……」

「錬金鋼《ダイト》を使うばっかが戦い方じゃねぇんだよ」

左手がひらめく。

二本のナイフがニーナめがけて直進する。

避《よ》ける。

その隙《すき》を突《つ》いてガトマンが距離《きょり》を詰《つ》めてきた。

「っ！」

わき腹の痛みが動きを鈍《にぶ》らせる。それでもガトマンの攻撃《こうげき》をいなし、反撃に転じる。右の鉄鞭による一撃は空を裂《さ》き、衝撃波が辺りのソファやテーブルを破壊《はかい》した。

大柄な体に反して、機敏《きびん》な動きをする。

「かすり傷一個で動きが鈍るとは、修行《しゅぎょう》がなってねぇ」

「黙《だま》れっ！」

ガトマンのあからさまな挑発《ちょうはつ》に乗った。ニーナが前に出る。わき腹の痛みを忘れるには怒りに身を任せるしかない。

だが、ニーナは前に出られなかった。

誰《だれ》かに肩《かた》を押さえられたのだ。

ただそれだけでニーナの勢いは殺された。

「シンっ！」

ガトマンが顔色を変えて、ニーナの背後に立つ人物を睨む。

振り返ると、確かにそこにいるのはシン・カイハーンだった。

「つたく、しょうがねぇな」

シンは錬金鋼《ダイト》を復元し、それをガトマンに向けていた。細長い剣だ。まるで針のようなそれを向けられ、ガトマンは動くに動けない様子だった。

「初顔合わせすっぽかして、こんなところでなにしてる?」

ニーナはその声に呑《の》まれた。頼《たよ》りなく見えたシンがはっきりと怒りを露《あらわ》にしているのだ。

その威圧《いあつ》に、ニーナの中で燃え盛《さか》っていたものが急激に勢いを減じさせられた。

「ほらっ、帰るぞ」

「しかしっ!」

シンに腕《うで》を掴《つか》まれ、ニーナはなんとか呑まれた気持ちを奮い立たせて抵抗《ていこう》する。

「いい加減にしろよ」

だが、それは儚《はかな》い抵抗に終わった。やはりシンの一睨みには勝てない。

「待てよ、シン。どうしておれじゃなく、そんなガキを」

「隊長と約束したのに、まだここにいる。これ以上の説明がいるか?」

「そいつより、おれの方が強い!　お前よりもだ!」

ガトマンの主張に、シンは鼻で笑った。

「一年の時なら確かにお前の方が強かったかもな。だけどな、あの頃《ころ》からお前の強さはなんも変わってない。こいつとだってな、いまはお前の方が強いかもしれんが、来週あたりにはこいつの方が上になってるだろうな」

「ふざけるな！」

「なんなら、やってみるか？」

思わぬ展開にニーナは息を呑んだ。

「来週、お前とこいつの決着を付ける。お前に恨まれたままで裏でごちゃごちゃされるのも気に入らない。どうだ？」

「はん、そんなのに乗ってたまるか」

「乗らなければ、今度こそお前は終わりだ。うちの隊長はお人好《ひとよ》しに見えるかもしれないが、やる時はやる。わかってるか？　お前はうちの隊に喧嘩《けんか》を売った形になってんだ」

「ちっ」

「乗らなきゃ、潰《つぶ》す。虚仮威《こけおど》しだと思うな」

ニーナは面食《めんく》らった。小隊はツェルニの武芸者の中ではエリート集団と聞いていた。それなのに、潰すだのなんだの、まるで不良のようだ。

「ちっ、わかったよ。だが、それでおれが勝ったら……」

「お前がうちに入ることはもう絶対にない。その代わり、都市警に連れてくのだけは勘弁《かんべん》してやる」

「……ちっ、じゃあ」

ガトマンの目が鋭《するど》くニーナを見た。暗い熱をおびたその瞳《ひとみ》に、ニーナは身構えた。

「そいつの小隊入りをなしにしろ」

「なんだと、貴様!?」

「いいだろう」

驚《おどろ》いた。さらに驚いたのは、シンが躊躇なくその提案を受け入れたということだ。

ニーナがなにかを言うよりも早く、シンはニーナの腕を強引《ごういん》に引いて店を出た。

「何を考えているんですか!?」

「自制心の足りないバカにどうやってそれを教えるかを、だ」

シンの容赦《ようしゃ》のない一言に、ニーナはぐっと息を呑んだ。

「ここはお前の故郷じゃない。お前の故郷には、ガッチガチに頭の固《かた》い武芸者しかいないかもしれないが、ここはそうじゃない。都市の外に修行に来たつもりか？　そういう奴《やつ》はほんの一部だ。ほとんどの武芸者がガトマンほどじゃないにしろ、なんらかの問題を抱《かか》えている。

ようく考えろ。有能で従順で使命感の強い武芸者を、都市の防衛の要《かなめ》となるであろう将来有望な武芸者を、都市民たちが簡単に外に出ることを許すと思うか？　おれたちがぬくぬくとうまい飯が食えるのは、故郷を守るという、生まれた時から存在する暗黙《あんもく》の誓約《せいやく》があるからだ」

　言葉がなかった。そしてツェルニに来ると決めた時の親の反応を思い出した。

　同じことを言っていた。

「しかし、それとこれとは……」

「ああ、いまはお前に帰れなんて言うものか。だけどな、今度同じことをしたら、おれは言うぞ。帰れってな。価値観の多様性を認められない人間は、一般人《いっぱんじん》だろうが武芸者だろうが、学園都市には不要だ」

　服を濡《ぬ》らす血が乾《かわ》き始め、不快感を呼ぶ。出血はもう収まっている。だが、すでに制服を濡らした血を消すことはできない。通りかかる人々が何ごとかという目をニーナに向けてくる。

　肩になにかがかかった。シンのブレザーだ。

「先輩《せんぱい》……」

「そんな格好でうろつかれたら都市警が来る」

　断ろうかと思ったが、その一言で黙ってブレザーを着た。当たり前だがサイズが大きい。ニーナの傷が隠《かく》れるが、袖《そで》も余ってしまう。

「来週には本気であいつと戦ってもらう」

「はい」

「勝てるか？」

「もちろんです」

「あいつはあれで成績は悪くない。あのガタイで動きがいいからな。小技《こわざ》もうまい。駆《か》け引きになったら油断はできない。お前の苦手なタイプだ」

「そんなことは……」

「そんなもん使ってるのにガードは堅《かた》いよな、お前は。だが、お前のスタイルとガトマンは相性《あいしょう》が悪い。あいつは一撃を狙《ねら》わない。着実に相手の力を削《そ》いでいく。カウンターを狙われることに慣れている。お前がすぐに倒《たお》れないのなら、倒れるまで痛めつける。ま、性根の悪さもさることながら、あの時間のかけっぷりが小隊に呼ばれない理由でもあるんだが」

長いため息を吐《つ》き、シンは先を歩いていく。

「あの、先輩はガトマンとは？」

「……同学年だからな、なんだかんだで顔はよく合わせる」

複雑なものがその言葉には混ざっているような気がしたが、シンにそれを語る気はなさそうだった。あるいは、切れない腐《くさ》れ縁《えん》にただうんざりしているだけなのかもしれない。

「まぁ、『勝てるか？』じゃなく、『勝て』なんだがな」

シンの表情から力が抜《ぬ》け、肩をすくめた。

「あいつに弱点があるとすればスタミナがいまいちというところか。訓練サボってるからな。だが、それは小隊員クラスで比べればいまいちだというだけで、あのサディスティックな性格を補うだけはある」

「はい」

先輩からのアドバイスを、ニーナは神妙《しんみょう》な表情で聞いた。

「お前がやることは一撃を狙うか、あるいは相手のスタミナ切れが起こるまで徹底的《てっていてき》に耐《た》えるかのどちらかだ。しかし、今日みたいにナイフで血を抜かれ続けたらスタミナの勝負なんてあっという間に決まっちまう」

確かに、内力系活剄《ないりきけいかっけい》を維持《いじ》することができれば、長期戦は可能だろう。だが、出血が続けばそうもいかない。活剄で傷を塞《ふさ》ぐことはできても、戦闘《せんとう》中に血を増やすことにまで気をまわすのは難しい。

実際、いまも若干《じゃっかん》、体が重く感じられる。出血した分、体力が低下しているのだ。

「もう一つお前には弱点がある。……抜き身でやりあったことがないだろう？」

その指摘《してき》に、ニーナはまたもなにも言えなかった。

事実だ。

ニーナはうつむいて唇《くちびる》をかんだ。

だが、シンはにっと笑う。

「というわけで、明日《あした》からおれがお前を徹底的にいたぶる。ま、抜き身じゃないがな。だが、おれの突きは痛《いて》ぇぞ」

まるで悪いことをたくらんでいるようなシンの笑《え》みに、ニーナは嫌《いや》な予感がした。

それをぐっと呑み込む。

望むところだと、気持ちを盛り上げる。

それがガトマンに勝つために必要だというのであれば、なんだってやってやる。

「お願いします」

路上でも構わずに、ニーナはシンに頭を下げる。

シンの方が慌《あわ》てた。

†

シンのいたぶるという言葉に一片《いっぺん》の嘘《うそ》もなかった。

「……つぅ」

体中に染み込んだように消えない痛みに、ニーナはモップを床《ゆか》に落としてしまった。金属製の床とモップの柄《え》がぶつかり、うるさい中で反響音《はんきょう》を広げていく。

ここは都市の地下にある機関部だ。

ニーナは機関部清掃《せいそう》のバイトをしていた。

いまはガトマンを倒すことに集中したかったのだが、現実はそんなに甘くなかった。家出をしてシュナイバルを飛び出したニーナには貯金がほとんどなかった。持ち出すことのできた幾《いく》ばくかの金はツェルニへの入学金やもろもろ必要なもののために消えていった。

生活するためには、お金を稼《かせ》がなくてはならない。

そのために選んだのが、この機関部清掃だ。

うるさい上に、通路がこんがらがり、しかもすぐ近くには危険な液化セルニウムが伝うパイプが這《は》っている。肉体的な辛《つら》さもあるだろうが、ほとんどの者はこの劣悪《れつあく》な環境《かんきょう》に嫌《いや》気《け》がさすのだという。

「くそう、こんなことで負けてたまるか」

しかしニーナにとって、そんなことよりもシンのしごきや迫《せま》るガトマンとの対決の方に気がいってしまって、まるで苦にならない。

モップを拾い、掃除《そうじ》に専念する。動かすたびに体のそこら中が痺《しび》れに似た痛みを走らせる。

シンの突《つ》きは、速く、鋭く、そして正確だった。

ニーナの双鉄鞭《そうてつべん》による防御《ぼうぎょ》の隙間《すきま》を軽々と抜けてくるのだ。細剣《さいけん》という特性上、ニーナの鉄鞭よりも速く動くというのはわかる話なのだが、それでも納得《なっとく》がいかない。

(父上は、そんなものをものともしなかった)

それがある。

父の試合は何度も見ている。相手の武器も試合の度《たび》に違《ちが》った。シンのような細剣を使う者だっていた。

その全《すべ》てにことごとく勝利していた。

ああいう風にできるはずなのだ。それなのにできないのは、ニーナが未熟だからに他《ほか》ならない。

「くそう」

何度も頭の中でイメージトレーニングをするのだが、シンの突きに対処できない。ああすればこうなる。こうしたらああなる。自分の動きの隙《すき》に気がついてしまうと、すでにそこには細剣の切っ先が飛び込んでいる。

安全装置によって死傷するようなことにはならないとしても、先端《せんたん》が生み出す力の収束がすさまじいので、一撃《いちげき》を受ける度に骨にまで響《ひび》いてくる。痛みの記憶《きおく》が蘇《よみがえ》り、ニーナは顔をしかめた。

「だめだ」

頭を振《ふ》る。どれだけイメージトレーニングをしても自分が負けるところしか考えられない。最初の一敗がきつかった。ツェルニに来るまであった自信を木端《こっぱ》微塵《みじん》に打ち砕《くだ》かれた気分になった。

シンには勝てない。そういう刷り込みをされているような気がする。

モップの手が自然と止まる。ニーナは一人だった。怠慢《たいまん》を注意する者もなく、またそういう意識もなく落下防止の柵《さく》に体を預け、天井《てんじょう》を眺《なが》める。

パイプと機械が複雑に絡《から》み合い、それが闇《やみ》に呑《の》まれている。照明よりも上の位置にまでその絡み合いが続いているからだ。

少し気分を変えよう。そう思うのだが、頭に浮《う》かぶのはシンの別の言葉だ。

半端者《はんぱもの》の集まり。

シンの表現はまさしくそういうことなのだろう。一般人に対しては分からないが、武芸者だけを抜き出してみれば、学園都市に来るような、あるいは来れるような武芸者にはそういう者が多いということだ。

有能な武芸者が外に出ることを、都市民たちは快く思わない。

そのことをニーナはまるで考えていなかった。外の世界を見たい。その思いのみがニーナを突き動かしていた。だが、よくよく思い返してみれば反対する父の言動もシンと同じようなものだった気がする。

父親はニーナに対して負い目を感じている。だから、そのことをはっきりとは言えなかったのだ。

(気にする必要はないのに)

そう思うのだが、父にとってはやはり大きな問題なのだろう。

ニーナの母親は一般人だった。武芸者を代々生み出し続けた家系としては、次代の武芸者を生み出すために一般人の血を混ぜることを嫌《きら》う。だが、父は周囲の反対を押し切ってニーナの母と結婚《けっこん》した。

二人の姉がいるが、一般人だ。

三人目のニーナが武芸者として生まれた時、周囲は本当にホッとしたという。子供だから分かっていないと思ってか、親族たちがよくそんなことを言っていた。

その母は、ニーナが小さな頃《ころ》に死んだ。

その後、父は後添《のちぞ》いをもらった。武芸者の女性だ。

二人の間に生まれた子は武芸者だった。

しかも男子だ。

周囲の期待が弟に集中したのは当たり前なのかもしれない。武芸者としての血の濃《こ》さでいえば弟の方がはるかに上なのだから。

継母《けいぼ》も弟も嫌いではない。アントーク家の継承についても、別に思うところはない。弟が継《つ》ぐのであればそうすればいいと思う。

だが、父がそのことでニーナに負い目を感じているのは、事実だろう。そのためにニーナに強く言えなかったのかもしれない。

(気にする必要はないのに)

再度、心の中でそう呟《つぶや》く。

ただ、遠回りな言い方ではなく、もっと率直《そっちょく》に言って欲しかった。思い込んだらそれしか見えないのはニーナの悪い癖《くせ》だ。自分でもわかっているのに直せない、どうしようもない性分なのだ。そういう時には婉曲《えんきょく》な言い回しではなく、もっと直線的な言い方しか通じないと思う。

ニーナにはわからなかったのだから。

（いかん。こんなことを考えている場合ではない）

ガトマンとの戦いが控《ひか》えている。そのためにシンに徹底的にしごかれているのだから。

もっと集中しなくては。

だが、シンのあの言葉は、彼自身が思っているよりも深刻にニーナの胸に突き刺《さ》さっていた。

自分が夢見てきた場所が実はそうではないと言われたに等しいのだ。

もちろん、シンは強いし、第十四小隊の人たちは皆《みんな》いい人のように思える。なにがしかの問題を抱《かか》えて生まれ故郷を出てきたようにはとうてい思えない。だが一方でガトマンのような者もいる。シュナイバルにそういう者たちがいなかったわけではないが、あんな風に徒党を組んでなにかをしているところを見たことはない。

そして、ああいう連中の溜《た》まり場《ば》として学園都市が存在しているのだとしたら……

考えたくない。ニーナはまた頭を振った。

そんな場所で自分はなにをしているのかと考えてしまうではないか。

考えたくないと思えば思うほど、気持ちは落ち込んでいく。思いこみの強いニーナの性格は、こういう時に立ち直りが悪いという欠点がある。

「う〜」

消したいと思っている内に、ゴツゴツと後頭部を柵にぶつけていた。

そこで異変が起きた。

騒《さわ》がしい声に、ニーナはまだ休憩《きゅうけい》時間ではないことを思い出して慌ててモップを握《にぎ》りしめた。床を擦《こす》る。声の集団は移動しているようだったが、こちらにはやってこなかった。

「なんだ？」

声の感じからして、なにか困ったことが起きたようだったが……首を傾《かし》げながらニーナは掃除を続けた。後頭部がひりひりと痛んだ。いつからあの状態になっていたのだろうと、自分の怪《あや》しげな衝動《しょうどう》にさらに首を傾げていると、視界の色が変わった。

うす暗い照明に、淡《あわ》い青が混ざった。

「ん？」

鼻孔《びこう》をくすぐった空気に変化があった。それは、とても懐《なつ》かしい香《かお》りに似てもいた。

なにかに引っ張られるように、ニーナは振り返り頭上を見た。

そこに、いた。

幼い、あまりにも幼い、小さな童女の姿をしたモノが。

長い髪《かみ》の毛をいっぱいに広げ、淡く青い、水のような光を散らしている。

「電子精霊《せいれい》……」

空気の変化の理由がわかった。大気中に電子精霊が発散する因子が混入したからだ。それは、シュナイバルではよく感じることのできた空気だった。

「お前が、ツェルニか？」

問いかけると、幼い電子精霊はゆっくりと高度を落とし、ニーナの視線に合わせた。好《こう》奇心《きしん》を一杯《いっぱい》に満たした丸い瞳《ひとみ》が目の前にある。

「そうか、さっきの連中はお前を捜《さが》していたんだな」

電子精霊が機関部から離《はな》れたのだ。メンテナンスを担当する連中はさぞ慌《あわ》てたことだろう。

ニーナの言葉が聞こえているのか、あるいはわかっていないのか、童女はさらにニーナに近づいてくる。

「戻《もど》らないと、だめだぞ」

ニーナはそっと手を伸《の》ばした。ツェルニは驚《おどろ》く様子もなく、その手に体を預けてくる。重さはなかった。だが、電子結束の不可思議な感触《かんしょく》が伝わってくる。

ツェルニの目がさらに一杯に開かれ、首を傾げた。

気がつけば、ニーナは頬《ほお》に熱いものを感じていた。

「だめだぞ、お前はもう、立派な電子精霊なんだから」

ぼろぼろと、涙《なみだ》は次から次に溢《あふ》れてくる。

止められるものではなかった。もしかしたら、あの子もこんな風になっていたかもしれないのだ。そう考えると止められなかった。

そうだ。忘れてはいけない。自分の命は電子精霊によって繋《つな》ぎとめられたのだから。

「お前は、わたしが守るんだ」

ここがどこだろうと関係ない。この場所に電子精霊がいるのならば、それを守るのは誰《だれ》でもないニーナの使命なのだ。

己《おのれ》に課した使命なのだ。

†

対決の時が来た。

場所はこの間、一年生が試合に使った体育館だ。練武館でもよかったのだが、ガトマンが異を唱えた。彼にとってはすでに小隊は敵であり、小隊員たちが訓練に使う練武館は敵の本拠地《ほんきょち》であるのかもしれない。

試合に使われていた武芸者用の緩衝《かんしょう》マットなどはすでに片付けられていたのだが、それは第十四小隊の面々によって再び設置されている。

ニーナはその上に立ち、ガトマンと向かい合っていた。

いつもと変わらぬ制服姿で立つガトマンに対して、ニーナは戦闘服《せんとう》に着替《きが》えている。両腕《りょううで》にある鉄鞭《てつべん》は、あれからまたハーレイが再調整を行っていた。ニーナの話を聞いてなにやら反省していたようだが、どういう意味かはよくわからなかった。

「んじゃあ、二人とも準備はいいか？」

向かいあう二人の間にシンが立つ。審判《しんぱん》役を彼がする。

ニーナが頷《うなず》き、ガトマンも同意を示す。

彼の手に握られたナイフが妖《あや》しいきらめきを放っているように見える。

「また、ハリネズミにしてやるよ」

ガトマンが歯を剝《む》き出しにして笑いながら言った。

「…………」

ニーナは挑発《ちょうはつ》に乗らない。静かに両腕にかかる鉄鞭の重みを確かめる。微妙《びみょう》な違《ちが》いだが、確かに以前よりも使いやすくなっているような気がした。

（よし、いける）

これならよりうまく、自分の考え通りに動ける。

外野から場に似合わない笑い声が聞こえてきた。ガトマンもにやにや笑っている。どうやら、ニーナに対してなにかを言ったようだ。

腹が立ったわけではない。だが、勝利を疑わない目でこちらを見下ろしているガトマンに言ってやりたくなった。

「心配するな、一撃《いちげき》で終わる」

それを笑うことがガトマンにはできなかったようだ。一瞬《いっしゅん》驚《おどろ》き、そして顔を怒《いか》りに染めていく。

シンが無表情に開始を告げた。

動いたのはガトマンだ。この間と同じ戦法、錬金鋼《ダイト》のナイフを大きく動かしてこちらの注意をそちらに向けさせる。衝剄《しょうけい》をまとったナイフは、確かに無視できない脅威《きょうい》ではある。

ニーナも左の鉄鞭を動かす。

ナイフを受ける。衝剄のぶつかり合い。空気が細かく振動《しんどう》し、眼球を揺《ゆ》する。

だが、わかっていれば対処のしようがある。

ガトマンの左手が閃《ひらめ》き、投擲《とうてき》用のナイフが放たれる。

わかっている動きだ。わかっている動きなのに、ニーナはその場から動かなかった。この間よりも数刹那《せつな》早く、ガトマンのナイフを受け止めた。それによって生じた衝撃波《しょうげきは》の爆《ばく》発《はつ》からも数ミリメル離れることができた。顔をそらすことなく視界を保つことができたのも、これのおかげだ。

ハーレイの再調整によって左の鉄鞭が前よりも使いやすくなった。だからこそ、この微妙なタイミングで動くことができた。

そしてなにより、この数日間、シンの素早《すばや》い突《つ》きを受け続けたこともあるだろう。

ニーナの望む、完璧《かんぺき》なタイミングで、完璧な形に持っていくことができた。

右の鉄鞭を持ち上げていた。投擲用ナイフを無視し、ニーナは攻撃《こうげき》することを選んだ。

近接戦闘での俊敏《しゅんびん》さでニーナはまだガトマンにはかなわないだろう。

だが、右と左、両方を攻撃に使ったまさしくこの瞬間は、たとえガトマンといえども動くことはできない。

投擲用ナイフが、数本まとめてニーナの胴体《どうたい》に突き刺さる。

痛みが走るよりも先に、鉄鞭を振《ふ》り下ろした。

勝負は、それで終わった。

†

受付前の待合室に、ハーレイが待っていた。

「怪我《けが》はどう？」

制服できれいに隠《かく》れているが、その下は包帯だらけだ。ガトマンのナイフは何本かは皮膚《ふ》を貫《つらぬ》いていたが、幸いにも重要な器官が傷つくことはなかった。

「大丈夫《だいじょうぶ》だ。怒《おこ》られたがな」

「そりゃ、そうだよ」

ハーレイも試合を見ていた。病院まで同行してくれたのも、彼だ。

「あれは無茶だって」

「持久戦はやるべきじゃないって思ったからな。本当ならガトマンの左側に回り込んでから打ち込みたかったのだが、そこまでの素早さがわたしにはまだなかった」

「だからって……シン先輩《せんぱい》も怒ってたよ」

「そうだろうな」

一歩間違えれば……よくて相討《あいう》ち、悪かったらニーナだけが重傷で倒《たお》れていたのだから、シンとしては怒るところだろう。

「だが、先輩とハーレイのおかげで勝てた。ありがとうな」

そう言うと、ハーレイが微妙な顔をした。

「？　どうかしたのか？」

「いや、あたりまえなんだけど、僕ってまだまだだなぁって」

そう言って、ハーレイが空を見上げた。

「そうだな。わたしたちは、まだまだだ」

ニーナも空を見上げる。病院を出てすぐの空は、夜の色に染まっていた。

この空はシュナイバルに続いている。しかし、視線を地上に戻せば、そこには見慣れたものはなにもない。

ここは新しい場所なのだ。

生まれた時からのしがらみがなにもない、まっさらな場所なのだ。

「だからこそやりがいがある。そう思わないか？」

視線を戻したハーレイがニーナを見た。彼は少しきょとんとしていたが、すぐに大きく頷いた。

「まだ、わたしたちは始まったばかりなんだから」

そう呟《つぶや》いて、ニーナは目の前に広がる道をまっすぐに歩んだ。

バーベキュー・ポップ

その学生寮《りょう》の名前は『ロロイド』という。

トイレ、風呂《ふろ》、キッチン、洗濯機《せんたくき》共同。

ツェルニの居住区にある学生寮の中でも低家賃で知られる男子専用寮には、簡単にいえば金のない生徒しか集まらない。

だからまぁ、時にはこんなこともある。

「僕のヨーグルト食べたのは誰ですか!?」

早朝。学校へと向かう支度《したく》をする生徒たちがうろつくロロイドの廊下《ろうか》に、レイフォンの声が鳴り響《ひび》いた。

トイレへの入り口の前には洗面台があり、そこに何台かの冷蔵庫が置かれている。その中の一つの前にレイフォンは立っていた。その手には一抱《ひとかか》えもある耐熱《たいねつ》素材のガラス容器があった。蓋《ふた》には大きく『レイフォン』と名前が書かれている。

洗面台の前に集まっていた生徒たちの何人かがレイフォンに目を向ける。

そんな中で無関心を装《よそお》って去ろうとする者がいたのをレイフォンの鋭《するど》い視線は見逃《みのが》さない。

「そこっ！」

「ぐっ」

「うう……」

素早《すばや》く指さすと、その二人は呻《うめ》いて立ち止まった。クラスは違うが、同学年の二人だ。

「……食べたね」

「う、いや、あのな……」

「ちょっと話を聞け、アルセイフ」

慌《あわ》てふためく二人の目の前に、レイフォンは空の容器を見せた。

「種まで食べてくれちゃって。これじゃあ、ミルク足しても増やせないじゃないか」

「って、ヨーグルトって増やせるの!?」

「そのために保温容器に入れてるんじゃないか」

「おお、驚《おどろ》きだ」

「すげぇな乳酸菌《にゅうさんきん》」

「いや、そんなことはどうでもいいから。新しいヨーグルト買う代金」

「…………」

「…………」

ずいっと出した手からあからさまに目をそらして口笛を吹《ふ》き始める。

「こら」

「金はない！」

「食料もない！」

「そこで胸張られても……」

「仕方ないだろう、この間のあれで金使っちゃったんだから！」

「あれって……バンアレンデイで？　どれだけ使ったら金がなくなるんだよ」

バンアレンデイというのは、ツェルニで行われる男女のイベントのことだ。

「決まった相手がいない同士で食事したんだよ。ちょっと気張ったところでがつーんとやったら、金がなくなった！」

「もっと計画的に使おうよ」

そんなことのために朝の大事な栄養源が……

あきれて言うと、二人にぎっと睨《にら》まれた。

いや、その周囲で見物に回っていた連中からも睨まれた。

「そんなこととはなんだ！」

「わかるのか、お前に!?」

「そうだ、このモテ男め！」

「ちくしょう！」

「なんで僕がモテ男なんですか!?」

いきなり熱が入った周囲に、レイフォンは押されまくった。

「ほぼ毎日弁当付きじゃねぇか」

「そうだ！」

「知ってんだぞ。あの、メイシェンって子に作ってもらってるだろうが！」

「そんな奴《やつ》にバンアレンデイでのおれたちの戦いを馬鹿《ばか》にはさせねぇ！」

「ちゃんと材料費は払《はら》ってますよ！」

いつの間にやら悪者側に形勢逆転させられたレイフォンの悲痛な訴《うった》えは、誰《だれ》からも共感を得られなかった。

「そりゃあ、お前が悪い」

野戦グラウンドでの訓練が終わった後、ロッカールームでなんとなくシャーニッドに今朝の話をしたら、そう言われてしまった。

「なんでです？　ヨーグルト食べられたの僕の方ですよ」

「いや、金のない話はとりあえず置いとくとしてだな」

シャーニッドは困った様子で頭を掻《か》いた。

「はっきり言おう、お前の周りには魅力《みりょく》的な女の子が多すぎる。……と他の男どもは思っているんだ」

「え？」

「まぁ、そいつらの目に映りやすいところで、お前さんと仲良くしてる三人組だ。おとなしげなメイシェンに姉御肌《あねごはだ》のナルキ、それに活発なミィフィ。一番人気はメイシェンだろうけどな、三人とも平均以上の容姿だ。それはわかるだろう？」

「ええ、それはまぁ……」

「しかもだ、一年坊《ぼう》で小隊員な上に、その小隊にもニーナやらフェリちゃんやらのきれいどころがいるんだぞ」

「いや、そんなこと言われても……」

「考えてもみろ、そんなかわいこちゃんたちと毎日仲良くしてるお前を見て、バンアレンデイを戦った男連中が許せると思うか？」

「いや、戦うって……」

「戦ってんだよ、あいつらは。男と女の果てしなき闘争《とうそう》だ」

「わ、わかるような、わからないような……」

「わかれ！　魂《たましい》で！」

なんだかいつものシャーニッドらしくない熱い叫《さけ》びに、レイフォンはたじろいだ。

「……もしかして、先輩《せんぱい》もなにかありました？」

「はっはっはっ、ばかだなぁレイフォン、このおれにそんなことがあるわけないじゃないか」

その割には声が乾燥《かんそう》しているのはどういうことだろう？

「いいか、外側から見たら、お前さんは勝ち組に見えちまうんだ」

「勝ち組って……ええ？」

勝ち組と言われても、いままでの自分の人生十何年間を振《ふ》り返ってみても決して勝ってるとは思えない。

「お前がどう考えているかなんて問題じゃない！」

ビシリと言い切られても、レイフォンは首を傾《かし》げざるをえなかった。

「でも、誰かと付き合ったりとかそんなことしてるわけじゃないですよ？　みんな、友達です」

そう言うと、シャーニッドはしばらく目を大きく開けてレイフォンを見ていたかと思うと盛大《せいだい》なため息を吐《つ》いた。

「なぁ、レイフォン。お前さん、武芸者としては凄《すご》いかもしれんけどよ、生物としての男度は最低ランクだな」

「なんですか、男度って！」

「男度って言ったら男度だ！」

わけのわからない力説をされて、その場は終わりになってしまった。


ていうか、ちょっと傷ついた。

男度とか、シャーニッドの主張するものが完全に理解できたわけではないけど、自分がなんだか人間としてだめって言われたような気がしたのだ。

（いや、だめなのかな？）

トボトボと、今日は練武館に戻《もど》ってニーナと訓練もしてきたので一人で帰り道を進む。すでにあたりは暗くなっているし、お腹《なか》も空《す》いてきた。空腹がなんとなくみじめさを助長しているような気がする。

今日はニーナも機関掃除《そうじ》のバイトがなく、夕食を誘《さそ》われたのだが断ってしまった。練武館帰りに夕食となると小隊のみんなとたまに行くレストランになるのだが、月末ということもあって寮のみんなほどではないにしろレイフォンの財布《さいふ》の中身も苦しい。店に寄って食材を少し買い足して自炊《じすい》しなければ。

(まさか、冷蔵庫の食材まではとられてないよね)

男子寮ということが関係あるのかどうか、寮の男連中でキッチンを利用するものは少ない。インスタント食品に使うお湯を求める連中がほとんどだ。そういうこともあってか、レイフォンが安い時に買い溜《た》めている食材までは誰も手をつけていない。

(……もしかして、所帯じみてるからだめってこと？)

もしそうだとしたら、じゃあどうしろと？　と途方《とほう》に暮れてしまう。

そもそも、武芸者として凄いことはレイフォンにとってなんの慰《なぐさ》みにもならない。レイフォンは武芸者をやめるためにツェルニにやってきたのだ。いろいろあって元いたグレンダンから出てきたけれど、武芸者として生きていくつもりなら学園都市に来る必要もない。どこかの都市で技倆《ぎりょう》を見せることができれば、すぐに受け入れてもらえるだろう。

それぐらいの自信はある。

だけど、それ以外のところはどうなのかと言われたら、レイフォンは自分で自慢《じまん》できるところが思いつかない。同年代の男にしては料理ができることは自慢になるのかもしれないが、メイシェンほどに味にこだわっているわけじゃないし、リーリンほどに即興性《そつきょう》に富んでいたり、栄養を考えたりできるわけじゃない。基本的におおざっぱなのだ。

小隊の対抗《たいこう》試合と日々のバイト生活にかまけて、本来の目的のための努力を怠《おこた》っている。

（これじゃあ、だめだ）

そういうことを考えていると、やはり気分が沈《しず》んでいく。

（なにかしないといけないんだけどなぁ）

ではなにをすればいいのだろうか？　その答えが出ないまま、寮《りょう》に帰り着いてしまった。

答えではないが、そのきっかけは意外なところからやってきた。

寮に戻って食事を済ませ部屋で一息ついていると、ドアをノックされて寮生に招集がかかっていると言われた。

寮の一階、キッチンの隣《となり》には広い談話室兼《けん》食堂がある。暇《ひま》な時間に寮生たちが集まってそこでのんびりとした時間を過ごしている。置かれているのは電気ポットだけで、それ以外は自分で持ち込まないといけない。談話室の常連たちは自分のマグカップとインスタントドリンクを置いている。

さきほどここで食事を済ませた時には隅《すみ》っこに何人かがいる程度だったが、やってきてみると談話室一杯《いっぱい》に寮生たちがいた。座りきれずに立っている者もいる。レイフォンも入り口近くの壁際《かべぎわ》に立った。

「さて、あらかた集まったようだな」

談話室の奥で寮長が立ち上がった。

「集まった君たちの何人かはなんとなく理由を察しているかもしれないが、いまロロイドにはちょっとした問題が起きている」

「ちょっとなものか」

と声が上がり、笑いと苦笑《くしょう》が入り混じった声で談話室の空気が乱れた。言った生徒には覚えがある。レイフォンと同じくキッチンを利用している数少ない自炊仲間の先輩だ。

「冷蔵庫の問題だ」

寮長はざわめきを手で制し、わかりやすい一言で告げた。

「以前から所有権にルーズな者はいたが、今月は特に被害《ひがい》報告が多い。こんな有様では共同生活として成り立たない。退寮処分にしたいところだが、金のない者を外に放《ほう》り出したところで問題が解決したことにはならん。特に、今回の問題は今月をやり過ごせばなんとかなる連中も多いだろうからな」

寮長の言葉に談話室にいた多くの生徒が頷《うなず》いた。

（ていうかみんな、バンアレンデイでどれだけお金を使ったの⁉）

頷くということは寮長の言葉に納得《なっとく》できるということだ。それだけ多くの生徒がバンアレンデイで、シャーニッド曰《いわ》く男と女の闘争にお金を費《つい》やしたということだ。

なんて馬鹿らしいとレイフォンなどは思うのだが、世の男性たちはそうではないのかもしれない。そうすると、間違《まちが》っているのが自分の方に感じられてしまうから、なんともだ。

そんなことを考えていると、寮長はさらにレイフォンには信じられないことを喋《しゃべ》った。

「日払《ひばら》いのバイトを探している連中も多いと思うが、いまは都市中がそんな様子でバイトの口はほとんど埋《う》まってしまっている」

（てことは学園中の男連中が⁉）

確かにここ最近、教室にいる男連中の雰囲気《ふんいき》がはっきりと明暗分かれているなとは思っていたが……

寮長の話は続く。

「しかしこのまま求人情報を眺《なが》めていたところで問題は解決しない。そこで、ツテを頼って情報を集めた結果、一つ仕事を見つけた。大勢の人間が必要な仕事場だ。ここにいる連中ならば、日毎《ひごと》の交替《こうたい》制にすれば十分になんとかなる。しかも食事付きだ」

最後に付け加えられた一言で、談話室に「おお」と声が漏《も》れた。

「力仕事なので正直しんどいと思うが、希望者は全員受け入れるつもりだ。これからする説明をよく聞いた上で判断してほしい。また、明日からは、他人の所有物を盗《ぬす》むような行《こう》為《い》には厳然とした態度で臨《のぞ》ませてもらうので、そのことも考慮《こうりよ》するように。では……」

そうして、寮長が仕事の説明に入った。

†

「ああ、あの話、お前さんの寮に回ったのか？」

翌日の通学途中《とちゅう》にフォーメッドに会ったのは本当に偶然《ぐうぜん》だった。なにか事件があったらしく、徹夜《てつや》明けの顔をした彼が偶然レイフォンの通学路にいたのだ。

「養殖湖《ようしょくこ》の方でも問題があってな、寝《ね》てる暇がない」

フォーメッドは眩《まぶ》しそうに太陽を見上げ、目頭《めがしら》を揉《も》んだ。

徹夜明けだというのに学校に通うことはやめない。「学生はまず勉学だ」がフォーメッドの主張であるらしい。警察仕事をしている時の老獪《ろうかい》さに比べるとひどく純粋《じゅんすい》でまじめなようだが、そう言った彼の顔には嘘《うそ》や建前を吐く余裕《よゆう》はなさそうだった。

「牧場の方でたくさん欠員が出たそうですね」

寮長が提示したのは養殖科の運営する牧場の一つで深刻な人手不足が発生し、そのための働き手を募集《ぼしゅう》しているというものだった。

養殖とは本来、水産資源の人工繁殖《はんしょく》を指す言葉だが、ツェルニは牧畜《ぼくちく》もこの科に含《ふく》まれている。

「ああ。まぁ、おれは水産物がメインだから陸産物の方の事情はよくわからんが、新規の家畜《かちく》を試験飼育していたらしくてな。その牧場で風邪《かぜ》が流行《はや》っちまった。人間の風邪がその家畜にうつるのか、うつった場合どうなるのかの検証がおわってないから、そいつらはしばらく戦場離脱《りだつ》が決められたらしい。その補充《ほじゅう》要員を三年以下の下級生たちにやらせてみてはどうかって、誰《だれ》かが言ったらしいな。ちょっとした体験説明会みたいなもんだ。下級生たちも四年になったら専門分野を選ぶ道が出てくるし、悪い話じゃない」

疲《つか》れた顔でフォーメッドがぼんやりと説明してくれた。

「風邪ウイルスが見つかった家畜もすでに隔離《かくり》してあるだろうし、そっちは科の連中が担当するだろうから、お前さんらは心配しなくてもいい。ていうか、お前さんもそのバイトに参加するのか？」

「週末だけですけど」

「……お前さんがバンアレンデイで浪費《ろうひ》したようには見えんがな」

フォーメッドからそんな言葉が出てくるということは、本当にツェルニのほとんどの男連中が今月は金欠に苦しんでいるのかもしれない。

「してませんよ。体験の方に興味あるんです」

「そうだろうな」

苦笑をあくびでかき消すフォーメッドもバンアレンデイでなにかをしていたとは思えない。というより、その日はレイフォンと一緒《いっしょ》に事件を追いかけていたのだから何かをしていた余裕があるはずもないのだ。

「まぁ、そろそろ市場に試験出品するはずだから、うまくすれば試食会に参加できるかもな」

フォーメッドは何気なくその一言を残してレイフォンと別れた。

そう、試食会だ。

寮生たちは当初、力仕事というだけでなく牧畜特有の糞《ふん》の始末などの汚《きたな》い面を想像して渋《しぶ》った顔をした。だが、寮長がバイト期間である一週間が終わった後、最終日にバイト参加者全員を招待する試食会が行われると発表したことで、がらりと態度を変えたのだ。

肉が食える。金欠腹減りの男連中にこれ以上の報酬《ほうしゅう》はないだろう。新種家畜の試食という点だけが気になるとはいえ、レイフォンだって上質の蛋白質《たんぱくしつ》をたっぷり食べたい。

だから、レイフォンがちょっぴりスキップ気味に歩いたって悪くないのだ。

週末はあっという間にやってきた。その間にバイトに参加した寮生たちが疲れた顔で帰ってくる姿を見た。平日に参加した者たちは前日の夜から泊《と》まり込んで早朝に作業、授業に参加して放課後からさらに作業という働き方になる。

レイフォンは授業のない週末二日だから、終日働かなければならないがその分給料もいい。初めての仕事なのだからおそらくは思っている以上に疲れるだろうが、予想外の収入が見込《みこ》めるというのも嬉《うれ》しい。

なにより、レイフォンはちょっとだけこのバイトに期待している面もある。

なぜなら、帰ってきた寮生たちはとても疲れているのだが、なんだかとても充実《じゅうじつ》しているように見えたのだ。仕事が合わなくて愚痴《ぐち》をこぼしている者もいたが、それでも顔には疲れ以外の充実した様子もあった。そういう場合は食事は美味《おい》しかったとはっきりと口にしている。牧場の宿泊《しゅくはく》所ではそれこそ搾《しぼ》りたてのミルクや出来立てのハム等が振《ふ》る舞《ま》われるそうだから、それは美味しいことだろう。

だけど、それならそれ以外の連中はどうなのだろう？

（もしかしたら、牧場の仕事って楽しいのかも？）

そういう期待がレイフォンにはあった。

聞きなれない目覚ましの音で起こされた。

昨夜、機関掃除《そうじ》が終わると、レイフォンはその足でバイト先である養殖科の牧場に向かった。深夜なので路面電車も動いていない。歩いて牧場の宿泊所に向かい、そのまま眠《ねむ》ったのだ。

朝食前にも仕事はあった。

まず、家畜たちの餌《えさ》やりだ。餌やりと言ってもイメージしていた干し草を与《あた》えるようなものではない。

「こいつは地衣類を主食としているんだ」

指導を担当する養殖科の先輩《せんぱい》がそう言った。

「すぐそこに森があるだろう。あそこは湧水樹《ゆうすいじゅ》を中心に広がった湿度《しつど》の高い森でな、地衣類の宝庫だ。あれを餌にするために改良して作ったのがこいつだ」

そう言って紹介《しょうかい》してくれた家畜は柵《さく》に囲まれた中で身を寄せ合うようにしていた。灰色気味の黒い毛をした鹿《しか》に似た動物だ。

名前はクフというらしい。

柵の前にはレイフォンと同じように週末を希望した寮生《りょうせい》たちがいた。レイフォンの寮以外からも希望した生徒がいるらしく、見ない顔がいる。

指導員はバイト三、四人に一人ぐらいの割合だ。

「お前らの仕事はこいつらを湧水樹の森に放つことだ」

そう言われると簡単な仕事のように思える。だが、実際はそれほど簡単な仕事ではなかった。

柵の中にいたクフたちを指導員たちは簡単により分けてレイフォンたちに割り当てていく。指導員たちが細い鞭《むち》のようなもので横腹の辺りを叩《たた》くと、クフたちは簡単に従う。

レイフォンに割り当てられたのは五匹《ひき》のクフだった。他《ほか》のバイトたちも同じぐらいの数だ。

「無事に届けろよ。一度餌場に入れれば、こいつらはそう簡単にはそこから動かないから」

指導員たちはレイフォンたちの後ろに回る。

手渡《てわた》されたあの鞭のようなものを手に、クフたちの後を追っていく。

簡単なように見えた。だけど、それがすぐに間違いだと教えられた。

「あ、おいこら」

「まて、まてよ！」

「うわっ、うわぁぁ！」

周りのバイトたちが騒《さわ》ぎ出す。

クフたちは目指す森に向かわず、勝手気ままに動こうとするのだ。それを何とかしようと鞭を当ててみても無視するばかり。頭に生えた角を摑《つか》んでむりやり止めようとした者もいたのだが、逆に引っ張られてしまう有様だ。

「そいつらは人を乗せて走ることもできる。てか、基本的に一般《いっぱん》人が動物相手に力比べで勝てると思うなよ。後、正面と真後ろにも立つな」

指導員たちはのんびりとした声で注意をしてくる。言うのが遅《おそ》いと思うのだが、彼らの顔には悪意はなく、あくまでものんびりとしている。クフは基本的に温厚な動物らしく、止めようとしたバイトたちを払《はら》うやり方に荒々《あらあら》しい感じはない。しかし力の差は歴然としているので対処のしようもない。

レイフォンが任されたクフたちもあらぬ方向……どころか百八十度転進して柵の中に戻《もど》ろうとしていた。

どうすれば……そう思って辺りを見回すと無事に目的地である森に向かっているクフたちもいた。それを見ていると指導員たちのように手なれた感じではないものの鞭を使って進路からずれようとしているクフを群れの中に戻している。彼らは戻したい方向と反対側の横腹を鞭で叩いていた。

(なるほど)

ためしに横腹を軽く手首をひねらせる程度で叩くと、クフが反対方向に進路を変えた。

こつを掴むと武芸者の運動能力と一般人のそれとでは雲泥《うんでい》の差がある。すぐにだれよりも手慣れてクフたちを森の中に入れることに成功した。それだけでなく、いまだに右往左往している他の連中を手伝ってクフを導く。

それが終わって、ようやく朝食の時間だ。

(やばい)

朝食が終わり、クフのいなくなった柵の中を清掃《せいそう》する。最初に嫌《いや》がった寮生たちの第一印象、汚《よご》れ仕事だ。糞便《ふんべん》で汚れた地面をスコップで掘《ほ》りとり、一輪車に載《の》せて外に運び出す。この糞便は後で農業科の方に回されて肥料として使用されるらしい。

それが終われば今度は別の仕事だ。他のバイトたちの半分以上が森に定着させるための地衣類を育てているハウスに向かったりする中、レイフォンは森へ行きクフたちの面倒《めんどう》を見るように言われた。

どうやら早朝の仕事でクフをうまく誘導《ゆうどう》できた連中がこちらに回されているようだ。

(この仕事、すごい楽しい)

湿気《しっけ》の多い森の中でクフたちの面倒を見ながら、レイフォンはしみじみとそう思った。

空気まで緑色に染まりそうな深い森の中でクフたちは緩《ゆる》やかに移動しながら木の根や岩の陰《かげ》に生えた地衣類を静かに食《は》んでいる。その中でクフたちが喧嘩《けんか》しないように適度な距《きょ》離《り》を保たせてみたり、食事に飽《あ》きたクフが森から出ないようにと動き回るのが妙《みょう》に楽しいのだ。

（合ってるかも。もしかして、僕の本物の天職？）

半ば本気でそう思いながらレイフォンは浮《う》き立つ気持ちでクフたちをまとめ続けた。

そんな気持ちだからクフたちを一匹《いっぴき》一匹観察する余裕《よゆう》もある。

群れには全体を治める長《おさ》のような一匹がおり、さらにその長を頂点にしていくつかの小集団ができている。

（長が会長だね）

群れと言ってもツェルニに昔からいる家畜《かちく》ではない。すべてが若く、歳《とし》の差もそれほどないはずだ。同じ年代ばかりの群れの中を飄々《ひょうひょう》と渡《わた》り歩く長の姿に、レイフォンは会長の姿を重ねた。

さらにレイフォンの任された小集団を自分の所属する第十七小隊にあてはめてみると、面白《おもしろ》いくらいにはまるのだ。とりあえず若長と呼ぶことにした小集団の長はいかにも張り切っているという感じで、長が顔を出すと攻撃《こうげき》的な声を漏《も》らしたりするのがニーナっぽい。

メスのクフの間をあっちこっちにと移動しているのがシャーニッドで、小集団から少し離《はな》れた場所で我関せずとした態度をしているのがフェリだ。

（ええと……じゃあ僕は………）

ぐるぐる視線を動かしているとある一匹で視線が止まった。

別に他のクフと比べておかしなところはないのだけど、なんだか頼《たよ》りない感じの一匹がいる。どこか歩き方も弱気で餌を見つけて食べようとすると他のクフに押しのけられて取られてしまうのだ。見かねた若長が、自分が見つけた餌を譲《ゆず》ったりしている。

（おお……僕だ）

あの情けないところが、僕っぽい。

他の餌を探してうろうろし、フェリに見立てた一匹に角で小突《こづ》かれた。

「あははは、ほんとに僕みたいだ」

そう思って一人笑い、そして凹《へこ》んだ。

†

日が沈《しず》み、クフたちを柵に戻すと、レイフォンたちの仕事はとりあえず終わりだ。宿泊所に泊まるバイトたちは風呂《ふろ》に入ることになったのだが、そこで養殖科《ようしょくか》の先輩たちが森のそばに保養所があることを教えてくれた。

「湧水樹の湯を使った温泉だ。ここでシャワーを使うのもいいが、あっちを使った方が疲《つか》れがとれるぞ」

そんなことを言われても、慣れない家畜相手の仕事でほとんどの者が疲れ果て、宿泊所から出ることを嫌がった。

結局、保養所に向かったのはレイフォンと数名だけだった。

広い浴槽《よくそう》は岩を組み合わせたような作りになっていた。

「すご……」

壁《かべ》と天井《てんじょう》がガラスで作られたドームのようになっている。白い湯けむりの中から見上げる空や森の風景には見るべきものがある。

体を洗って湯船に浸《つ》かると、熱が奥にまで浸透《しんとう》して、硬《かた》くなった筋肉がほぐれる感じがした。

「あー、これいいかも」

他の連中が上がってもレイフォンはじっと湯船に浸かっていた。

小隊対抗《たいこう》戦やそれに向けての訓練、機関掃除のバイト、学校とほぼ休むことなく筋肉を動かし続け、内力系活剄《ないりきけいかつけい》で癒《いや》し切れずに体内で澱《おり》のように溜《た》まった疲労《ひろう》が溶《と》け出していくような感じがするのだ。

思えばグレンダンにいる時は、体調管理はリーリンや養父がしてくれていた。がむしゃらに訓練や戦闘《せんとう》をするレイフォンに温かい食事を与《あた》えてくれ、休むべき時には休めと言ってくれた。

今は、すべてを自分でしなくてはいけない。

「ちゃんとしないとだめだなぁ」

ぼんやりとそんなことを呟《つぶや》いて湯船から夜空を見上げる。

脱衣《だつい》所の戸が開いて、誰《だれ》かが入ってきた。

「あれ？　もしかしてレイフォン？」

「え？　ハーレイ先輩？」

湯けむりの奥から顔を出してきたのはハーレイだった。その隣《となり》には杖《つえ》を使ってやってくるキリクの姿もある。

「どうしたんですか？」

「そっちこそ」

ハーレイたちが体を洗う間にレイフォンは事情を話す。

「こっちはね、一週間ぐらい研究室にこもりっぱなしだったからちょっとした静養だよ」

「爺《じじ》むさい趣味《しゅみ》だ。寝《ね》れば疲れぐらい取れる」

キリクがそう吐《は》き捨てても、ハーレイはまるで気にしていない。

ツェルニの進級制度は武芸科を除けばほとんどが一般教養科で三年間を過ごした後に四年生で各専門分野に進んでいく。だが、錬金《れんきん》科だけは特別な試験を経ることで途中から入ることができる。ハーレイはその試験を突破《とっぱ》して一年の時から錬金科に在籍《ざいせき》している。

「ここの湯は筋肉と神経にもいいんだ。キリクの足も治るかもしれないしね」

「ふん」

鼻を鳴らし、正面のガラスを睨《にら》みつけるキリクの横顔をレイフォンは見た。男性特有の骨太さがそこかしこにあるものの、それらを差し引く必要もなく服と化粧《けしょう》で整えればすぐに美少女が出来上がりそうだ。

だが、その目つきだけは恐《おそ》ろしく険しい。常に何かの不満を抱《かか》えているかのごとき瞳《ひとみ》で他人を周囲に寄せ付けないようにしているかにみえる。

そんな彼の隣に平気な顔で立つことができるのがハーレイだ。

「風呂は嫌《きら》いだ。先に出るぞ」

湯船に浸かって、まだほんのわずかしかたっていないというのにキリクは湯船から上がった。杖を使ってぎこちなく移動するキリクに、ハーレイはのんきに返事をするだけで手伝ったりはしない。

「いいんですか？」

脱衣所に消えたところで聞いてみた。

「いいよ。下手に気を遣《つか》いすぎてもあいつのプライドを傷つけるだけだからね。なんだかんだでここにもけっこう来てるんだから、嫌じゃないはずだよ」

キリクは元武芸者だ。以前に事故かなにかに遭《あ》ったために勁脈《けいみゃく》に機能障害が起こり、半《はん》身不随《しんふずい》のような状態になっている。武芸者として再起不能になった彼は錬金科に所属して人生のやり直しを図《はか》っている最中だ。

経緯《けいい》こそ違《ちが》うが、レイフォンと似ている部分がある。

キリクがどのようにして錬金への道を志したのか、それを聞きたいところだがそんな簡単に聞いていいものかためらわれる。

あの険しい瞳で人が簡単に入り込めない何かがあるのではないかと思ってしまう。

だから、その隣に平然と立っていられるハーレイは凄《すご》い。

そう言うと、ハーレイは笑った。

「キリクもいろいろあるからね。難しい性格はしてると思うけど、ニーナで慣れちゃってるから」

「え？　隊長で？」

「ニーナもね、いまはまぁ熱血な感じになっちゃったけど、昔は違ったんだよ。シュナイバルのいいとこの温室育ちだからね。お高くとまってたっていうのとはちょっと違うけど、無駄話《むだばなし》なんてしませんって雰囲気《ふんいき》がすごい出てたんだ」

「そ、そうなんですか？」

「うん。うちの親父《おやじ》がシュナイバルではけっこう有名な錬金鋼《ダイト》技師でニーナの実家にはよく出入りしてたから、その関係で知り合ったんだけどね。もう、最初は全然相手にしてくれなかったんだから。普通《ふつう》に話ができるようになるまでちょっと苦労したよ」

それなのに、いまでは普通に会話する間柄《あいだがら》だ。

そしていまではキリクと友達になっている。

「ハーレイ先輩《せんぱい》って凄いんですね」

「そんなことないよ。僕は、僕の趣味に正直なだけさ。ニーナとだってキリクとだって、そこで話が合わなければ友達になったかどうかもわからないよ」

ハーレイは簡単に笑ってすませる。

だけどそれは、レイフォンにはできないことだ。

「ふう、ちょっと浸かりすぎちゃったかな。のぼせてきた」

ハーレイは顔を赤くしてふらふらと湯船から出た。レイフォンもそろそろ上がろうと立ち上がる。

と、ガラス越《ご》しに奇妙《きみよう》な鳴き声が聞こえてきた。

「え？」

「なに？」

二人して振《ふ》り返る。

深い森の闇《やみ》が透《す》かされたガラス窓の向こうから、大きな影《かげ》がこちらに向かって突進《とつしん》していた。

「え？　え？」

「先輩、下がって！」

とっさにハーレイをかばう位置に立つと、レイフォンは身構える。

影はガラス窓があることにまるで気づいていないかのように猛然《もうぜん》とした勢いのまま突進をしてきた。

鈍《にぶ》い音が浴室内に響《ひび》き渡《わた》り、沈黙《ちんもく》する。ガラスは大きなクモの巣状のひび割れを生み、白く染まった。

「すぐに出ましょう」

突然のことに目を丸くして動けなくなったハーレイを促《うなが》して、レイフォンは脱衣所に向かった。

着替《きが》え終えて外に出ると、すでにそこには人が集まっていた。保養所を利用していた生徒と、生徒会から管理の仕事を請《う》け負っている生徒たちだ。

十人にも満たない人数で、ガラス窓にぶつかったそれを確かめる。

懐中電《かいちゅう》灯に照らされたそれは、クフだった。

「な、なに？」

「そんな……」

あんなおとなしい獣《けもの》が夜にいきなりこんな行動に出るなんて……驚《おどろ》きながらクフの首にかかった認識《にんしき》タグを確かめる。

今度こそ、レイフォンは絶句した。

目の前に倒《たお》れているクフは、レイフォンの担当した小集団の若長だった。

†

すぐに牧場にいた養殖科の生徒たちによってクフは引き取られ、敷地《しきち》内にある医療《いりょう》室に運び込まれた。既《すで》に死んでいたが、牧畜としておとなしい気性を望まれているのに、柵《さく》を飛び出して保養所のガラスに激突《げきとつ》するような荒々《あらあら》しいことをしたのだ。原因を調べなければならない。

険しい表情の養殖科の先輩たちの様子にのまれレイフォンたちも重苦しい空気に包み込まれる。

(隊長が……)

倒れていたクフを思い出し、レイフォンは胸が痛んだ。もちろん、あのクフが本物のニーナではないことはわかっている。だけど、自分に牧畜の仕事が合ってるのではないかと思わせたクフがこんなことになった。レイフォンが感じる胸の痛みは本物だった。

やがて、疲れた顔の先輩が姿を現した。このために呼ばれた養殖科で獣医《じゅうい》学を学んでいる先輩だ。

「死因は頸椎《けいつい》損傷だ。暴走の原因となる特定まではできん。ただ……」

その先輩は言いづらそうに額にしわを寄せた。

「内臓と腹部の一部に衝突《しょうとつ》からでは考えられない穴のような傷ができている。もしかしたら寄生虫が原因かもしれないんだが、その寄生虫の姿が見えない。だが、確かに臓器内になにかがいた痕跡《こんせき》は残っている」

「寄生虫の検査は定期的に行っているぞ」

「わかってる。その記録も見せてもらったさ。だが、寄生虫かそれに類する生物がいなければあり得ない傷があることは確かだ。外部的な要因で暴走をしたのだとしたら、それしか考えられない」

「おい、まてよ。だったら」

養殖科《ようしよく》の先輩たちが悲鳴のようななり声を上げた。

「……原因がはっきりするまで出荷は停止だ。最悪は飼育停止処分だ」

今度ははっきりと先輩たちは悲鳴を上げた。

「おい！」

「冗談《じようだん》じゃないぞ、ここまできて」

「だが、原因がはっきりしなければどの道そうなる。わかってるか？　寄生虫がいたとしたら、そいつはクフの内臓を食ったんだ。人間の内臓を食わないという保証はない」

獣医のその言葉に、後ろで聞いていたバイトたちもざわめいた。試食会でそれを食べることになったかもしれない自分を想像したのだろう。

だが、レイフォンは試食会のことよりも、処分の部分に衝撃《しようげき》を受けた。食用のために飼育されているクフたちだ。だから、いずれ食べるためにその命が使われることは覚悟している。だけど処分はそれとは違う。

あんなにも愛着を感じさせたクフたちを、役目を果たせずに殺さなければいけないのだ。

「だが、まだ『いる』と確定したわけじゃないだろう？」

一人の先輩の言葉に、獣医は頷《うなず》いた。

「ああ。だが、いないという確定もできていない。あくまで可能性が存在するという話だ。いるのなら見つけ出して対応策を講じなければいけない。いないのならいないという証拠《しょうこ》を見つけなければいけない。とりあえず、他のクフも調べてみなければ」

「あー、ちょっと待ってもらえますか？」

無念そうにうなだれる先輩たちの間をその声が通り抜《ぬ》けて行った。

「ハーレイ先輩？」

振り返るとそこにはハーレイとキリク、他にもう一人がいた。

「君たちは？」

「錬金科三年のハーレイ・サットンです。ちょっと調べたいんですけど、いいですか？」

「どういうことだ？」

「保養所で死体を見た時にちょっと引っかかることがあったんで」

「先輩……？」

レイフォンが話しかけると、ハーレイはいつもの笑《え》みで手を振ってきた。

「ごめんごめん、機材を取ってきてもらうのに時間がかかっちゃって」

「自転車でここまで来た身にもなってくれ」

もう一人の生徒は疲《つか》れた様子でそう言った。もしかしたらハーレイと同じ研究室なのかもしれない。

「おい、君たち……」

「その家畜《かちく》の死は人為《じんい》的なものである可能性が高い。それを調べたいと言っているんだ」

車椅子《くるまいす》のキリクが鋭《するど》い瞳《ひとみ》で養殖科の生徒たちを睨《にら》みつけた。

「事件の可能性もある。都市警察の立会が欲《ほ》しいのならさっさと連絡《れんらく》しろ」

キリクのその言葉に反感を抱《いだ》いた者もいたようだが、獣医が率先《そっせん》して道を開けたことで揉《も》め事《ごと》になるのは回避《かいひ》された。

レイフォンは事態の変化に呆然《ぼうぜん》としながらハーレイたちの姿が医療室に消えていくのを見守った。

ハーレイたちが医療室から出てくるよりも早く、先輩《せんぱい》たちによる通報でフォーメッドたち都市警察がやってきた。

フォーメッドはレイフォンがいることを確認すると養殖科の先輩とともに医療室の中に

消えた。

「どうなってるの？」

付いてきていたナルキに尋《たず》ねた。

「ここ最近、養殖科や農業科の新種だけが荒《あ》らされる事件が起きているんだ」

「あ……」

その言葉で、レイフォンは先日会った時のフォーメッドの愚痴《ぐち》を思い出した。

「新種は市場に流れるまでにいろいろと問題が起きるものみたいだからな。一件二件ならこういうこともあるで済ませられるんだけど、今回は多すぎる。だからずっと調査してたんだ」

「それで、フォーメッド先輩は寝不足《ねぶそく》？」

「ああ、今日もほとんど寝てない」

そういうナルキも、深夜近い時間だけに疲れが見え隠《かく》れしている。

「新種の遺伝子情報というだけで、買い取ってくれる企業《きぎょう》はいくらでもある。だけど、方法がわからなかったから、先日錬金科の方に調査を依頼《いらい》したって聞いたけど」

ナルキがそう言ったところで、フォーメッドを先頭にハーレイたちが出てきた。

「今回のことだが、情報盗難《とうなん》の事件である可能性が非常に高くなった」

その言葉で養殖科の先輩たちは難しい顔をした。自分たちが育てたクフに異状がないことは喜ばしいのだが、その遺伝子情報が不正な手段で盗《ぬす》まれたかもしれないと思えば不快だ。

「これより、我々は情報盗難としての事件解決に向けて捜査《そうさ》を開始する」

そう宣言すると、フォーメッドは部下を引き連れて牧場を後にした。

「先輩！」

それをレイフォンは追いかけた。

「なんだ、手伝ってくれるのか？」

「ええ、今回は、とても腹が立っているんです」

そう言ったレイフォンに、フォーメッドは眉《まゆ》を動かしてとても意外そうな顔をした。

「まぁ、今回はすぐに捕《と》り物《もの》になる可能性もある。お前さんがいてくれれば心強いが」

「当てがあるんですか？」

「情報盗難事件が起きれば、都市警察がまず最初にやることは宿泊《しゅくはく》所利用者のリストをチェックするのがセオリーだ」

フォーメッドは鼻を鳴らしてそう言った。

「怪《あや》しい奴《やつ》は何人かいた。今回は盗難の確証を得るだけの証拠が挙がらなかったことこそが最大の問題だった。だが、証拠は既に挙がったに近い。ならば後はその証拠と合致《がっち》する宿泊者に事情聴取《ちょうしゅ》するだけだ」

「でも、方法って……」

「念威端子《ねんいたんし》だよ」

「え？」

ハーレイたちが追いかけてきていた。

「虫や小動物に極小《ごくしょう》の念威端子《ねんいたんし》を埋《う》め込んで操《あやつ》ってるんだよ。さっきの家畜の内臓と、あと錬金科に回ってきた変死の新種を調べた結果、念威《ねんい》が極微量《ごくびりょう》だけど残留してたから、そこから類推したんだけど、たぶん間違《まちが》ってない」

「そんなこと、できるんですか？」

「僕自身が念威繰者《ねんいそうしゃ》じゃないから誰《だれ》にでも可能かどうかはなんとも言えないよ。けど、念《ねん》威爆雷《いばくらい》の応用で筋肉を動かすための電流を発生させることは不可能じゃないと思う。あるいは筋肉じゃなくて、電極をつかった脳操作や暗示のようなものかもしれない。やり方はいろいろ思いつくし、思いつくってことは誰かがそれをやってるかもしれないってことさ」

「そうですか」

ハーレイたち錬金科が調べてそう結論を出し、その結論にフォーメッドは該当《がいとう》人物を挙げることができる。

なら、犯人はその人物なのだ。

「まかせてください。絶対に逮捕《たいほ》してみせます」

「……まぁ、ほどほどにな」

やる気を見せるレイフォンを、フォーメッドは訝《いぶか》しげな目で見てきた。

宿泊施設《しせつ》にたどり着くと、レイフォンは待機を命じられた。

そういえば、錬金鋼《ダイト》を持ってきていない。今日は牧場のバイトだけをするつもりだったし、なにより休日中の錬金鋼《ダイト》の持ち歩きは控《ひか》えるようにと校則にもある。

「ハーレイ先輩。なにかありませんか？」

事情を話すと、ハーレイとキリクははっきりと呆《あき》れた顔をした。

「お前、武芸者としての自覚はあるのか？」

「そんな真面目《まじめ》に校則守ってる人なんてそうはいないよ。ええと、なにかあったっけ？」

「道具箱の中にいくつか未精錬《みせいれん》の材料があるはずだ。少し待て」

ハーレイとキリク、それともう一人が動き出す。

「基礎《きそ》素材は都市警察のロッドを使おう。おい、寄こせ」

「道具箱の中、青石《サファイア》ないぞ。ちょうどいい分量だと紅玉《ルビー》くらいだ」

「設定もかなりいい加減になるなー。五分で仕上げるとしたらどんなのがいいだろう？」

三人はそれぞれに言い合いながら、都市警察の武芸者から取り上げた錬金鋼《ダイト》を分解し、それに材料を加えて再構築していく。

「おい、ついでだから試作のアレ試《ため》してみたらどうだ？」

「あれはまだ勁《けい》のロスが激しすぎると思うが」

「いいよいいよ。レイフォンの瞬間《しゅんかん》最大放出量からして問題ないでしょ。やってみよう」

「え、なんですか、ちょっと待ってください」

「まぁまぁ、面白《おもしろ》いものができるからちょっと待って」

「いや、待ってって言ってるの僕ですから」

「時間ないし、あれならプログラムそのまま使えるし、ちょっといじるだけですぐにいけるしね」

「ついでだから試験データとっちまおうぜ」

まったくこちらの話を聞く気はなさそうだ。ハーレイの手がすさまじい速さでキーボードを叩《たた》きデータを挿入《そうにゅう》していく。

そうこうしている間に、宿泊所では動きがあった。

「退避《たいひ》、退避だ！」

フォーメッドの悲鳴じみた大声が宿泊所から聞こえてきて、待機していた武芸者に緊《きん》張《ちょう》が走る。

「ほい、レイフォン」

もう、なにができていても抗議《こうぎ》する暇《ひま》はない。投げられたそれを受け取り、レイフォンは走った。

手の中にあるのはとても不格好な錬金鋼《ダイト》だった。外装で覆《おお》われないままのむき出しの機械だ。黒い炭状の基礎素材に配線が血管のように走り、赤い鉱石が頂点に取り付けられている。

向かう宿泊所の入り口がフォーメッドとともに交渉人《こうしょうにん》たちを吐《は》きだした。今回は完璧《かんぺき》な証拠《しょうこ》を押さえたわけではないので、フォーメッド自身、交渉しながら自白させると言っていた。

それは成功したのだろう。

転がるように逃《に》げだしたフォーメッドたちの後から嫌《いや》な音とともに無数の虫たちが現れたのだ。

虫だけではない。その中に交じって空を行く鳥がおり、地をかける大型のネズミたちがいる。こんなに大量の虫や獣《けもの》を持ったまま放浪《ほうろう》バスを使って移動できるはずがない。ツェルニにいるものを使ったのだろう。

そしてハーレイたち錬金科の推測が当たっていたということにもなる。

虫でできた極彩色《ごくさいしき》の動く絨毯《じゅうたん》は四方に広がり、宿泊所を取り囲む警察官に襲《おそ》いかかる。

「させるか、レストレーション」

復元鍵語《ふくげんけんご》を呟《つぶや》き、剄を流……

「……え？」

一瞬《いっしゅん》、鳥肌《とりはだ》がたつほどの大量の剄を鋼金鋼《ダイト》が吸い取った。

錬金鋼《ダイト》が重量を爆発《ばくはつ》させない。

常の変化を無視して、紅玉《ルビー》の先から巨大《きょだい》なエネルギーが爆発したのだ。

「な、な、な……」

握《にぎ》っていた錬金鋼《ダイト》部分はそのままに、紅玉《ルビー》の先に不定形の赤いエネルギー塊《かい》が生まれていた。

「おお、出た出た。安定してるっぽくね？」

「ふむ、まぁこんなものか」

キリクたちがそんなことを呟いているのが、内力系活剄《ないりきけいかっけい》で強化された耳に届く。

「レイフォ～ン、それは剄をそのままエネルギー化して武器に変えるんだ。化練剄《かれんけい》使い用の複合錬金鋼《アダマンダイト》みたいなもの。そんな感じでよろしく」

ハーレイがそう声をかけてくる。特に声を張り上げていないが、聞こえていると見越《みこ》しての言い方だ。

「化練剄は苦手です！」

聞こえてはいないだろうがそう言い返し、レイフォンはこの不格好なエネルギー塊にイメージを送りつけた。

化練剄の要諦《ようてい》は、いかに剄をイメージ通りの形にするかだ。レイフォンは剣《けん》をイメージした。不格好なままだが、なんとか剣の形になる。

その時には、フォーメッドと虫たちの間に立っていた。虫の氾濫《はんらん》にのみ込まれそうになっていたフォーメッドたちともども、移動の衝撃波《しょうげきは》でこの場から吹《ふ》き飛ばす。

剣を振《ふ》る。紅《あか》い斬光《ざんこう》が虫たちをその熱で焼き払《はら》う。

「使いづらっ！」

虫たちの猛攻《もうこう》を引き受けて、レイフォンは叫《さけ》んだ。普通《ふつう》の武器ならば内力系活剄《ないりきけいかっけい》状態の武芸者による動作一つ一つに起こる衝撃波で吹き飛ばせているはずだ。中でも武器に乗った剄が放つ余波が一番強力で、こういう時には最も有効だったはずだ。

だが、いまは錬金鋼《ダイト》に流れる剄は全《すべ》て、剣身を維持《いじ》するために使われている。余波が起きないのだ。

それでも動作による衝撃波が有効に作用している。しかしそれも襲いかかる虫たちを寄せ付けない程度の役にしか立っていない。押し返してこの虫たちを操る念威繰者《ねんいそうしゃ》に辿《たど》り着くことができない。

ナルキを始めとした都市警察の武芸者たちも虫たちの群れに足止めを受け、動くに動けない。

「くそっ」

遅々《ちち》として前に進んでいない状態に苛立《いらだ》ちが募《つの》る。

この虫の向こうには隊長《クフ》の仇《かたき》がいるというのに。他《ほか》の武芸者にはやらせない。隊長《クフ》の仇はレイフォンがとるのだ。

(化練剄で、なにか技《わざ》はなかったたっけ?)

虫たちを追い払いながらレイフォンは記憶《きおく》を掘《ほ》り返した。化練剄使いは天剣授受者《てんけんじゅじゅしゃ》にもいたが、あまりにも技の系統が違ったためそれほど熱心に見ていたわけではない。剄の流れだけでなく、イメージのコントロールも必要になるからレイフォンでも盗みづらいのだ。

すぐに思いつくのはたった一つしかない。

大技で、イメージの想起は今使っている剣のものとそれほど難易度的に変わりなく、しかもコントロールは鋼糸《こうし》で応用できそうだ。

だけど、問題は……

「ええい、やってやる！」

金遣《かねづか》いの荒《あら》い、派手好きのだめ男。天剣授受者《てんけんじゆじゆしゃ》トロイアット・ギャバネスト・フィランディンを思い出し、顔をしかめながらその技を繰《く》り出す。

外力系衝剄《がいりきけいしょうけい》の化練変化《かれんへんか》、七つ牙《きば》。

紅玉《ルビー》から発生した剣形のエネルギー塊が爆発的《ばくはつてき》な勢いで量を増し、形を整えていく。

その勢いだけで周囲の虫が吹き飛ばされる。

周りから驚《おどろ》きの声が漏《も》れた。

そこに現れたのは、七匹《ひき》の巨大な大蛇《だいじゃ》だった。大人ほどもある太い胴《どう》に支えられたかま首を持ち上げて周囲を睥睨《へいげい》している。

七匹の蛇《へび》は、すべてその根元部分でレイフォンの持つ錬金鋼《ダイト》に繋《つな》がっていた。

「いけ」

レイフォンの声とともに宿泊《しゅくはく》所に向かって七匹の大蛇が殺到《さっとう》する。虫たちはその胴体にぶつかっただけで次々と剄の熱を浴びて炎上《えんじょう》していった。

猛然《もうぜん》と進む大蛇の背後から、レイフォンは走る。

「宿泊所には、まだ他の客がいるんだぞ！」

背後でフォーメッドの悲鳴じみた声が聞こえた。

だが、それでもレイフォンは速度を緩《ゆる》めない。

見えていたのだ。

宿泊所の裏口から脱出《だっしゅつ》し、顔を見せた男の姿が。

「お前かぁぁぁぁぁ!!」

「ひっ！」

レイフォンの声と、殺到する大蛇たちを生の目で見てその男は腰《こし》を抜《ぬ》かして座りこむ。

「隊長《クフ》の仇だ！」

レイフォンの叫びに反応して、大蛇が牙を剝《む》く。赤熱したエネルギー体が爆発する場所を求めて男に突進《とっしん》していく。

その途中《とちゅう》で……

ボン。

「あ、限界がきた」

遠くで、ハーレイが唖然《あぜん》とした声を漏らした。

レイフォンの懸念《けねん》。大量の剄に急造の錬金鋼《ダイト》が耐《た》えられるか……

耐えられなかったのだった。

爆発したエネルギーを受けたレイフォンは気を失いながら勢いのままにすっ飛んで行き……男に頭から体当たりする形となった。

†

その後、犯人は無事に逮捕《たいほ》された。

自爆してしまったレイフォンもなんとか軽傷で済んだが、次の日のバイトには出られなかった。

その夜。養殖《ようしょく》科の宿舎では予定通りにクフの試食会……バーベキュー・パーティが開かれた。もちろんクフだけではなく、養殖科自慢《じまん》の他の家畜《かちく》たちの肉も使われる。

レイフォンも参加した。

宿泊所での捕《と》り物《もの》の話はここにも流れ、クフの疑惑《ぎわく》を晴らしてくれたレイフォンを温かく迎《むか》えてくれた。レイフォンは調理にも参加し、その料理も喜ばれた。

(やっぱり、四年になったら養殖科に行こうかな)

そう思って、先輩《せんぱい》たちに養殖科の話を聞いたりもした。

捕り物の最後は無様だったものの、隊長《クフ》の仇を討つこともできたし最高の気分でパーティを過ごすことができた。

食べ疲《つか》れたレイフォンは、仇を討てたことを報告しようとクフたちのいる柵《さく》へと向かった。

「……あれ？」

自分の担当した小集団を捜《さが》して、レイフォンは首を傾《かし》げた。

「僕《クフ》がいない」

フェリ《クフ》もシャーニッド《クフ》も、他のクフたちもいるのに、レイフォン《クフ》だけがいない。

どういうことかと考えて……

「………あ」

振り返り、宿舎から見える鉄板を焼く赤い火を見た。

その鉄板の上にあるものを見た。

お腹《なか》を押さえた。

「ああうううぅううう」

養殖科に行くのは考えものかもしれない。

そう、思ってしまった。


レイフォンの道は、まだ見えない。

バス・ジャック・タイム

生きていればたまにはこういうこともあるのだろうな……とは思う。

そもそも、いま自分が所属しているのはトラブルとはどうやっても無縁《むえん》ではいられない場所なのだ。

「……たまにはのんびりとしたいのですけど」

フェリがこっそりと呟《つぶや》いたその言葉をまじめに聞いてくれる者は誰《だれ》もいない。

代わりに、大声がその場を支配した。

「我々は、放浪《ほうろう》バスがくるまでの安全の保障を要求する！」

その声は外に向かって放たれていた。無駄《むだ》に堂々とした声だな、ぐらいの感想しかない。

旅慣れた人間の着る頑丈《がんじょう》さが優先された服を身にまとった男は、手に錬金鋼《ダイト》を持っていた。

同様に復元された錬金鋼《ダイト》を持った者がさらに五名。フェリたちを囲んでいる。

「やれやれ」

どうしてこうなったのか……フェリはため息を吐《つ》いた。

†

そもそもの始まりは兄であり生徒会長であるカリアンが体調を崩《くず》したことにある。

「過労だって？」

部屋に見舞《みま》いにきたヴァンゼの呆《あき》れた声が居間を突《つ》き抜けてキッチンにまで届いた。ドアは開いているのだが、それでも地声が大きいことは間違《まちが》いない。

その時、フェリは渡《わた》されたお土産《みやげ》のケーキを切り分けていた。隣《となり》では生徒会の女生徒がお茶を淹《い》れてくれている。

「でも、たいしたことなさそうでよかった」

お茶を淹れ終えた女生徒がそう言って微笑《ほほえ》んだ。それで思い出した。たしか、バンアレンデイの時にフェリの教室にまでやってきた女性だ。キッチンでの慣れた動きからして、あの時にもここを使ったのだろう。

「ええ、過労と診断《しんだん》されましたから。本当に病気なのですね」

「過労性疾患《しっかん》ね。でも、そこまではひどくないでしょう？」

「二、三日の休養と言われました」

「なら、大丈夫《だいじょうぶ》よ」

再びにっこりと笑われる。

彼女がトレイにケーキとお茶を載《の》せて運ぶ後についていきながら、フェリは首を傾げた。

（いま、わたしが励《はげ》まされませんでした？）

立場的に逆のような気がするのだが、これはどういうことだろう？

この女性はカリアンに気があるのではなかったのか？

なんだか納得《なっとく》のいかないままにフェリはキッチンから居間に入り、そこでソファに置いておいた鞄《かばん》を持って自分の部屋へと移動した。兄の見舞い客の相手をこれ以上する必要もないからだ。

そして、どういう話の流れからそうなったのか。

ドアがノックされた時には彼らはすでに帰っていて、カリアンが決定事項《じこう》を告げた。

「明日《あした》からの週末二日。保養所へ遊びに行こう」

そういうことで、フェリとカリアンは保養所へと行くこととなった。

「どうしてわたしまで？」

不本意という本音を隠《かく》すこともなくそう言ったのだが、カリアンはのらりくらりとフェリの言葉を無視して、準備を一人ですませてしまう。

そして、フェリも基本的に生真面目《きまじめ》なのだ。無視してしまえばそれでいいのだが、決まったと言われてしまえば、それに逆らうことができなくなる。

だからこそ、翌日の早朝にはぶつぶつ言いながらも泊《と》まりの荷物を抱《かか》えて移動するフェリの姿が出来上がっていることになる。

「まぁ、せっかくの休日なんだからゆっくりと休もうじゃないか」

隣のカリアンも手提《てさ》げのバッグを気楽に担《かつ》いで歩いている。過労で倒《たお》れたといっても、カリアンにはすでに病人らしい様子はない。ただ、根《こん》をつめたデスクワークのために、カリアンの体は年齢《ねんれい》に似合わない凝《こ》りが目立っている。それをほぐさないことには本格的な過労疾患になるだろうと宣告されたのだ。

「二日ものんびりとさせてもらえれば体も良くなるだろうね」

「その程度で治るんですか？」

「おや、心配してくれるのかい？」

兄の嬉《うれ》しげな顔に、フェリは顔をそらした。

「あなたの仕事中毒ぶりは異常ですから。二日程度で治るとは思えないと感じただけです」

「ははは、そうかもしれないね」

自嘲《じちょう》気味な乾《かわ》いた笑いに、フェリは無性《むしょう》に腹が立った。

たどり着いたのは、ツェルニにいくつかある保養施設《しせつ》の中でも、中心部に近い場所にあるものだった。

保養所というよりはレジャー施設といった色合いの方が強い。浴場の他《ほか》にも温水プール、遊技場などもある。

「わざわざここにしなくても……」

受付のすぐそばから広がる遊技場の騒《さわ》がしい電子音にフェリは顔をしかめた。もっと静かな場所にも保養所はあるのだ。

「大丈夫。上の階は静かだよ」

確かにそうかもしれないが、雰囲気《ふんいき》としては最悪ではないだろうか。兄のこういう無神経なところはどうにかならないものかと思いながら、フェリは渡されたキーの部屋に移動した。

「ついてきたのはいいものの……」

部屋に荷物を置き、フェリはふと思った。

「わたしがついてきて、なにか意味があるのでしょうか？」

温泉に入るのだとしても男女別なのだし、介添《かいぞ》えが必要なほどの容体なわけでもない。

一緒《いっしょ》に来たことに特に意味はないように思うのだが。

どうしてその考えにもっとはやく気付かなかったのだろう？　どうにも自分自身に納得がいかない感じがして、フェリは喉《のど》の奥になにかがひっかかっているような気分になった。

「まぁ、ここまで来てぐじぐじ考えても仕方ないですよね」

自分に言い聞かせているとノックの音がした。

「フェリ、プールに行こう」

肩《かた》が下がるほどに大きなため息を吐き、フェリは荷物を漁《あさ》った。

フロアのほぼすべてを使ったプールは、面積に比べて人が少なかった。多すぎても困る。フェリはできるなら休日は静かに過ごしたいのだ。それを考えればよかったかもしれない。

用意したギンガムチェックの水着に着替《きが》えたフェリは、プールサイドのデッキチェアに陣取《じんど》って持ってきていた本を開く。湧水樹《ゆうすいじゅ》から湧《わ》く水を利用しているため、プールに張られた水は温かく、室内は水着でいても寒くはない。ただ、湿気《しっけ》が多いために紙の本には優《やさ》しくない。かといって電子機器にはもっと優しくない。

「ああ、不毛です」

読書をするならおとなしく部屋ですればいいのだ。かといって今から戻《もど》る気にもなれない。そうすることがひどく億劫《おっくう》なのだ。

兄はなにをしている？　このフロアにはいくつかプールが分けられている。カリアンの姿は隣のプールにあった。黙々《もくもく》とクロールで泳ぎ続けている。休養でやってきた人間のやることではない。

目の前にあるプールは底の深い飛び込み用のもので、いまは人の姿はない。フェリはそれがよくてこの場所を選んだのだが、気付くと飛び込み台の最上段に人の姿があった。

「あれは……？」

見覚えのある姿だった。黒の競泳用水着を着た女性はためらう様子もなく飛び込み台をしならせると、水面に向かって飛び込む。空中で一回転、二回転と体をひねり、最後にはきれいに手足を伸《の》ばし頭から水面に入っていった。水しぶきも驚《おど》くほどに少ない。揺《ゆ》れる水面はプールサイドから溢《あふ》れ、排水溝《はいすいこう》に飲み込まれていった。

ちょうどフェリとは正反対の場所で二人の友人らしき女性たちが騒いでいる。底に触《ふ》れたのではないかと思うぐらいに沈《しず》んだ女性が浮《う》き上がってきた。

「隊長」

ニーナだった。

「おや、フェリ？」

プールから上がったニーナもこちらに気付いた。

「練武館以外の場所で会うのは珍《めずら》しいな」

「隊長こそ」

「わたしはたまに来てるぞ。水泳は全身運動にも良いし、気持ちがいい」

「はぁ、そうなんですか」

「うん。最近は来る暇《ひま》もなかったがな。まぁ、今日明日は休養日ということになったし、寮《りょう》の友人たちにも誘《さそ》われたしな」

向こうにいる二人がその友人たちなのだろう。そういえば、片方の女性はどこかでニーナと一緒にいるところを見たことがあるような気がする。

「で、体の方はどうなんだ？」

「兄ですか、それなら向こうで元気に泳いでますよ」

「ん？」

「あれで過労で倒れたと言われても、誰《だれ》が信じるんでしょうね」

向こうのプールではいまだにカリアンが泳ぎ続けている。

「ああ、そうなのか。元気ならそれでいいな」

「？　どうかしましたか？」

「いや、なんでもない。それじゃあ、昼食でも一緒にしないか？」

「そうですね」

時計を確認《かくにん》し、フェリは頷《うなず》く。

「じゃあ、上のレストランで待ってる」

「はい」

友人たちのところに戻るニーナを見送り、フェリはカリアンを呼びに向かった。

向かいながら、ふと思い返して疑問を覚える。

なんとなくだが、ニーナの表情に釈然《しゃくぜん》としないものがあったような気がした。


上の階には水着のまま入れるレストランがあり、カリアンと向かうとニーナたちはすでにそこで待っていた。

「やぁ、待たせたようですまなかったね」

カリアンがにこやかにニーナたちに挨拶《あいさつ》をし、ニーナは友人たちを紹介《しょうかい》する。腰《こし》にパレオを巻いた女性がセリナ、タンキニの水着を着ている眼鏡《めがね》の女性がレウと名乗った。

注文をし、メニューが来る間もカリアンがうまく話を繋《つな》いでいき、テーブルには明るい雰囲気が満ちる。フェリなどは話の接《つ》ぎ穂《ほ》を見つけることもできず、ぼんやりと聞いていることしかできなかった。

食後のドリンクを飲んでいるところで、セリナが口を開いた。

「ところでフェリさん。顔色が悪いようですけれど大丈夫ですか？」

「え？」

セリナに言われ、フェリは顔を上げた。

「そうですか？」

自分では全く自覚がない。

「ええ、そう思いますけど」

セリナが細めた目でフェリを観察している。話では錬金科だという。研究者の細部まで見逃《みのが》さない視線がフェリの肌《はだ》を撫《な》でていくのを感じた。

「調子の悪いところはありませんが」

「それなら、わたしの気のせいかもしれませんね」

セリナがどこか間延びのした話し方で頷く。

気がつけばニーナがなにか言いたげな顔でこちらを見ている。

そういえば、さきほどもニーナはこんな顔をしていた。カリアンを心配しての言葉だと受け取っていたが、そういう風に答えたらニーナからの返事が一拍遅《いっぱくおく》れたのだ。

（これは、どういうことです？）

あの時の言葉はもしかして、フェリの心配をしたということなのだろうか？

だが、実際に過労で倒れたのはカリアンで、フェリの体調におかしなところはない。毎日、念威《ねんい》で自らの体調のチェックは行っているのだ。

その上で、おかしくはないと判断している。

そもそも、食欲だって落ちてない。もともと少食気味ではあるのだけれど、だからといって食欲が落ちていると感じることもないし、顔色が悪いと言われたが体感的におかしく思うものはなにもない。

「色が白いからじゃないかな。フェリはあまり日に焼けない肌のように思うが」

ニーナがそう言うと、カリアンが頷いた。

「そうだね。わたしも……というよりはうちの家族はみんな日に焼けないんだ。赤くなるばかりでね。すぐに元に戻る」

「羨《うらや》ましい。あたしなんてすぐ黒くなるから夏季帯に入ったら日焼け止めは欠かせないのに」

「そうねぇ、わたしも」

レウとセリナが羨ましそうにこちらを見る。

「……そうでもありません。火傷《やけど》のようになりますから、夏季帯では日傘《ひがさ》が手放せなくなります」

「ああ、そうなんだ」

事実、自律型移動都市《レギオス》が夏季帯……日照時間が長く、平均気温・湿度《しつど》の高い地域に移動した時には日焼け止めのクリームだけではなく、日傘も手放せなくなる。

「そうだ、ニーナ君。君、泳ぎはできるよね？」

「え、ええ」

いきなりカリアンが話題を変えた。

「フェリは泳ぎがだめでね。これもいい機会だ。教えてやってくれないかな？」

「……いきなりなにを言うんですか？」

フェリは冷たい目で兄を見たが、その表情に変わりはなかった。

「泳げないのは事実だろう？」

「それは……そうですけど」

「念威繰者《ねんいそうしゃ》とはいえ、武芸者にはかかわりないんだ。運動系での苦手科目は減らしておくに限ると思うのだけれどね」

「確かに、そうかもしれないな」

ニーナが頷く。

「じゃあ、この後さっそくやるか」

やる気を見せて目を輝《かがや》かせ始めたニーナに、フェリはこっそりとため息を吐《つ》いた。

「それで、どうしてそれを持ってきたんだ？」

ニーナの言葉に、フェリは意外な気持ちを隠《かく》せなかった。

「なぜって……プールに入るのでしょう？」

「いや、そうなのだがな」

プールに移動して練習に入る。……のだが、なぜかニーナは苦い顔をしている。

「プールに入るのなら、これは必要です」

「なぁ、わたしたちがこれからなにをするかわかっているか？」

「なにって、泳ぐ練習です」

「なら、それはいらない」

ニーナの目は、じっとフェリが片手で抱《かか》えた浮き輪に向けられた。

「でも、ないと浮かないじゃないですか？」

「心配しなくても、練習すれば浮くようになる」

こめかみを押さえたニーナに浮き輪を取り上げられ、フェリはとても不安になった。そもそも、人間というのは水に浮くようにはできていない。水死体だってまずは沈み、ある程度腐敗《ふはい》が進んでから浮くではないか。水に浮いているように見える人たちは、泳法を心得ているから浮いているように見えるのであって、それをやめてしまえば沈む。

「死にますよ」

そういう考えを一言で端的《たんてき》に言ってみると、

「それほど深くない」

同じく端的に切り返された。確かに、見ればそのプールは飛び込み用のものよりは底が浅そうだ。フェリでも肩《かた》のあたりぐらいかもしれない。

「それに、これを貸す」

ニーナが足元に転がしていたビート板を拾い上げた。

「まずは準備運動。それから水に慣れることから始めようか」

こうして、ニーナの指導のもと準備運動をしたフェリはプールに入った。

温水といってもぬるま湯程度の温度しかない。

「さて、とりあえずバタ足の練習だな」

「はい」

「ビート板を使う前にわたしが手を引いてやる。底面を蹴《け》って体を水面に対してなるべく平行になるようにするんだ。いくぞ」

ニーナに手を引かれ、フェリは言う通りに底面を蹴った。体全体に水の抵抗《ていこう》がかかる中、蹴った勢いとニーナの引く力で体が浮く。

「よし、そのまま足を動かせ」

水音の狭間《はざま》からニーナの声が届く。水に顔が浸《つ》かり、目を閉じてしまっているために、なにがどうなっているのかよくわからない。フェリはとにかく足を動かした。

「そうだ。それでいい」

ニーナの励《はげ》ましの声がくぐもって聞こえる。引かれている感触《かんしょく》と動かす足にかかる水の抵抗、足の先が水面を抜《ぬ》けた時の軽い感触しかわからない。

「よし、そろそろ顔を上げて息継《いきつ》ぎをしろ」

（息継ぎ）

確かにさっきから息苦しくて仕方がなかった。いつになったらバタ足をやめるのだろうと思っていたが、息継ぎをしないといけないのか。

（息継ぎ……）

肺が空気を求めてどんどんと苦しくなる。

（息継ぎ………）

「おい、顔を上げろ」

（顔を…………）

もはや水音が邪魔《じゃま》してニーナの声がはっきりとは聞こえない。目を閉じたままの真っ暗な視界は、そのまま別の黒に染まっていった。

「やはり、浮《う》き輪が必要だと思うのですが」

「まだこだわるか」

危ないところで引き上げられたフェリはそう言ってみたが、ニーナが渋《しぶ》い顔をしただけで終わってしまった。

その日は結局ビート板を持つこともできないままに息継ぎの練習に終始した。

「ひどい一日でした」

夕食を済ませると、フェリは早々に自分の部屋に戻《もど》ってベッドに倒《たお》れこんだ。水の中での全身運動が体を気だるくさせている。

もう寝《ね》よう。重くなるまぶたに逆らう気力もないまま、全身の力を抜く。

（やっぱり、なにかが変です）

眠《ねむ》りの世界からの誘《さそ》いに流されるままになりながら、フェリは脳裏《のうり》に浮かんだ言葉について考えた。

休養のためにカリアンはここにやってきたはずなのに、あんなに元気にプールで泳いでいたし、兄に気があるはずのあの女性は心配をしている様子もなかった。ニーナの態度もどこかおかしかった。

「でも……」

ぼんやりと呟《つぶや》く。眠気《ねむけ》は一層強くなり本当に呟いたのかどうかもよくわからない。

慣れない水泳の練習はそうとうこたえているようだ。総運動量的には小隊で訓練しているときの方が多いだろうに。個人訓練時にはのんびりとしているが、これでも護身術の訓練なども行っているのだ。

(なにがおかしいのか、まったくわかりません)

そう思ったのを最後に、フェリは深い眠りに入った。

†

眠りの浅い瞬間《しゅんかん》に、誰《だれ》かの言葉が耳に届いた。冷静な部分では自分が今いる場所が保養所の一室で、近くに人がいないことはわかっている。自分以外誰もいない場所で声なんて聞こえるはずがない。

（夢？）

そう思いながら、聞こえてくる言葉に耳を傾《かたむ》ける。

「やはり……なにかおかしいとは思いました」

「気を付けてくれたまえ。これもまた聞かれているかもしれない」

「しかし、本当にそんなことが……」

「実際に起こりうるんだ。そのために…………にいることはできない。ここへは一時的な退避《たいひ》だよ。広い空間が必要だった」

「しかし、こんなおおげさに……」

「する必要があるのさ。……やれやれ、おかげで痛い出費だよ。まぁ、基本的に宿泊《しゅくはく》までする客は少ないから助かるがね。…………しておいてよかったよ」

「…………じゃないですか」

「そんなことはない。必要なことだ。…………では、今日一日ここにいればなんとかなる。君には…………しておいてもらわないと。そのために…………したのだからね」

「……わかりました」

声は、カリアンとニーナのものだ。

（なんの話です？）

夢に意味を求めても仕方ない。冷静にそう考える部分もあるのだが、それでも興味が湧《わ》く。

だが、耳を傾けようとすると、再び眠りが深いところへと入っていき、フェリの意識は途《と》切《ぎ》れた。


（あれはなんだったのでしょう？）

目覚めてまず、フェリは首を傾《かし》げた。夢かとも思ったが、あの会話のことを覚えている。覚えているだけなら夢でだってそういうことはあるけれど、それとは少し違《ちが》うような感じがするのだ。

（しかし、隊長と兄があんな時間に同じ場所にいるはずもないですし……）

しかも、聞こえてきた以上、この部屋にいたということになる。ニーナとカリアンが、フェリが寝ている間にこの部屋にやってきて密談をした。

……どう考えてもリアリティのある話ではない。

（やはり、夢ですね）

二人の仲が決して悪いわけではないが、だからといってわざわざ二人きりでなにか深刻な話をするとは思えない。そもそも、望んで二人きりになるほど仲が良いはずもない。妙《みょう》にはっきりしていたような気がするだけの、ただの夢だ。

(そうですね、そうに違いない)

納得《なっとく》して、フェリは着替《きが》えを終えた。

「……あ」

朝の支度《したく》を一通り済ませたところで、フェリは錬金鋼《ダイト》を忘れていることに気がついた。着替えを済ませた後はいつも錬金鋼《ダイト》を復元させ体調チェックを行うのが、フェリの朝の日課だった。

そう言えば昨日もしていない。急《せ》かされるままにここに来る準備をしたので、する暇《ひま》がなかったのだ。持ってきたつもりになっていたが、その時に忘れてしまったようだ。

「まぁ、一日だけのことですし」

たいしたことにはならないと思い、そのまま朝食をとるために部屋を出た。

「よし、では今日もやるぞ」

「……なんで今日もいるんですか？」

午後までのんびりとした時間を過ごしていたというのに、昼食が終わったところで、レストランの前にニーナが立っていたのだ。

ちなみに、カリアンは今日一日のんびりすると自室に戻った。

「まだビート板も使えてないじゃないか。そんな状態で放置するなんてできないぞ」

「確かにそうですが……」

ニーナの使命感の強さにはほとほと呆《あき》れてしまう。

「泳げないより泳げる方がいいだろう？」

「泳げたところで得することがあるとは思えませんが？」

「損することはあるぞ」

「例えば？」

「例えば……だな、敵に水中戦を仕掛《しか》けられたときとか」

なんていうか……返答までこの人らしい。

「……わたしが水中戦になんて誘い込まれたらその時点で負けです。そもそも、そうなる前に念威爆雷《ねんいばくらい》で攻撃《こうげき》をしますので、わたし自身が水中に入ることはありません」

「む……それは確かにそうだが」


場所は変わって、昨日のプール前。水着に着替えながら続けた会話で、ようやくニーナが口ごもった。「いいからやるぞ！」というニーナの勢いを言葉《ことば》巧《たく》みにそぎ落として、なんとかまともな会話でフェリが有利になるところまでこぎつけたのだ。

「そうです。ですからわたしが無理に水泳を覚える必要はないと思うのですが」

そこからさらに論を展開しようとする。そもそも、武芸科でも水泳の授業は選択《せんたく》授業となっているのだ。それはなぜかといえば、自律型移動都市《レギオス》以前の世界では水上や水中での戦闘《せんとう》というものが存在したかもしれないが、自律型移動都市《レギオス》内部、あるいはその外縁《がいえん》部からそれほど離《はな》れていない距離《きょり》でしか戦闘を行わない現在では、水の上で戦うというのは非現実的な行為《こうい》でしかない。そのため、水泳という技術はひどく趣味《しゅみ》的なものであり、武芸者だからといって無理に習得する必要はない。だからこそ、学園での水泳は選択授業となっているのだ、と。

そこまで言えば、ニーナとてなにも言えなくなる。

そう思ったのに。

「お、フェリちゃん？　もしかして泳げねぇの？」

ひょっこりと、聞きなれた声が背後から聞こえてきた。

「……どうしてあなたまでここにいるんですか？」

振《ふ》り返れば、そこにはシャーニッドがいた。

「そりゃ、こっちのセリフだ」

にやけた顔でシャーニッドがフェリとニーナを見る。

「そろそろ夏季帯も近いっぽいからな。水慣れしとこうと思ったわけよ」

夏季帯に入ると養殖湖《ようしょくこ》の一部が一般《いっぱん》開放され、普通《ふつう》の水遊びや、ウォーターガンズやその他の水上スポーツをする生徒たちが集まってくることになる。

シャーニッドはそこへ行くつもりなのだろう。

「その勤勉さを訓練の時にも見せてほしいものだな」

「いやいや、見せてるぜ？　ただ、能ある鷹《たか》は爪《つめ》を隠《かく》すってな。……ところで鷹ってなんだろうな？」

「鳥だ、馬鹿者《ばかもの》め」

「いまどき、鳥の種類を知ってる奴《やつ》の方がレアだって」

そんなやり取りをする横で、フェリははたとあることに頭がいき、辺りを見回した。

それを、シャーニッドは見逃《みのが》していない。

「残念ながらレイフォンの奴ならいないぜ。いまごろは牧場でバイト中だ」

「誰もそんなことは言っていませんが？」

「いやいや、目がそう語ってるぜ」

……錬金鋼《ダイト》を忘れていなければと、にやにやと笑うシャーニッドを睨《にら》みつける。

「まっ、そんな話よりも……だ。フェリちゃん、マジで泳げねぇの？」

「だからどうしたというんですか？」

「いやいや、どうもしねぇよ。ただ、泳げねぇってことは夏季帯に入っても泳がねぇってことだよな？」

「そもそも、あの陽射《ひざ》しの下で肌《はだ》を露出《ろしゅつ》するのがありえませんが」

日に焼けない性質《たち》なのだ。そんなことをすれば大変な目にあってしまう。

「そりゃ、もったいねぇ。いまじゃ水で落ちない日焼け止めもあるってのに」

「だからどうしたと言うんですか？」

と、シャーニッドが一層口元をにやけさせてフェリに耳打ちした。

「夏のイベントでお前さんがなにもできないってことになるよな。もしかしたらあの子が数歩リードしちまうかも」

「………………っ！」

ぎりぎりで理性が働いて、声には出さなかった。だが、衝撃《しょうげき》が脳裏《のうり》を駆《か》け抜《ぬ》ける。

あの子……わざとらしくも名前を出さなかったが、誰を指しているのかは嫌《いや》でもわかってしまう。

アレが水着を着る。

想像してしまった。なにを着る？　ビキニか、ワンピースか？　昨日のニーナの友人、セレナの姿が頭に浮《う》かぶ。体型的には彼女が近いだろう。では、ああいう格好も似合うということだ。

なんと恐《おそ》ろしいことだろう。

ぎりっと、シャーニッドを睨む。彼を睨んだところでなんにもならないとわかっているとしても、その事実をわざとらしくフェリに耳打ちするこの性格の悪さを憎《にく》む。

「……あなたがなにを言いたいのか知りませんが、わたしは不得意科目をなくすために練習をするだけです」

そう言いきると、ニーナに向き直った。

「さあ、練習を始めましょう」

「え？　あ、うむ」

会話においてけぼりにされていたニーナの反応は鈍《にぶ》い。

そんなことにはまるで構わず、フェリは一足先にプールに向かった。

「あ、待て。準備運動が先だ」

ニーナが追いかけてきて、練習が開始となった。

だからといって急にそんなにうまくなるわけもなく。

「はぁ……」

おそらく四時間くらいはみっちりとやっただろう。プールから上がった時には驚《おどろ》くぐらいに体が重く感じられた。

「二日目でこれぐらいできるようになれば上等だろう」

ニーナがそう言った。

それでも、ビート板を使って、息継《いきつ》ぎをしながらプールの半分ぐらいまでは泳げるようになったのだから大いなる進歩だ。

「お疲《つか》れ」

シャーニッドがやってきて、フェリとニーナにスポーツドリンクを渡《わた》してくれた。

「まだ……いたんですか」

喋《しゃべ》るのも億劫《おっくう》だが水分は嬉《うれ》しい。スポーツドリンクをありがたくいただく。

「いやいや、ちょうど休憩《きゅうけい》してたところだったわけだよ」

確かに、シャーニッドの体もぐっしょりと濡《ぬ》れている。別のプールで泳いでいたのか、練習している間はまるで気にならなかったので、なにをしていたのかは知らない。

ただ、横を通り抜けていった女生徒が声をかけて来、シャーニッドがそれに応じているところを見る分には真面目《まじめ》に泳いでいただけではないのだろうなとは思う。

「まっ、ついでに飯でもどうよ？」

「ふむ、そうだな……しかしまだ時間があるな」

「温泉いってマッサージでもやってきたらどうだ？　フェリちゃん、このままじゃ筋肉痛確定だろうし」

「ああ、それはいいな。ここの薬泉低周波風呂《ぶろ》は筋肉をほぐすのにいいんだ」

「おっ、使い慣れてるね」

「暇な時はここを利用しているからな」

ニーナが少しだけ得意げな顔をして、フェリたちは温泉に入ることになった。

温泉は下の階にあった。

脱衣《だつい》所で水着を脱《ぬ》ぎ、タオルを体に巻いて浴場に足を踏《ふ》み入れる。温水プールに充満《じゅうまん》していた湿気《しっけ》とは違《ちが》う。はっきりと熱を伴《ともな》った湯気が全身をなでる。

「こっちだ」

体を洗った後に連れてこられたのは、他《ほか》とは木の壁《かべ》で隔離《かくり》された場所だった。

「う……」

湯気にあてられた木の香《かお》り以外に、そこには別のにおいが充満している。

「これは……」

照明が落とされた薄暗《うすぐら》い部屋に狭《せま》い湯船がある。そこに満たされた湯にもフェリは目を丸くした。

なんとも濃《こ》い、癖《くせ》のあるにおいだけでも驚きなのに、湯の色が真っ黒なのだ。

壁の説明書きには数種の薬草を混ぜ合わせ湯に溶《と》かしてあると書いてある。

(なるほど……)

ニーナが薬泉と言った意味がわかった。

「低周波も流してあるから、驚くなよ。滑《すべ》るぞ」

「はい」

まず先にニーナが黒い湯に足をつけ、肩《かた》まで沈《しず》める。ふうと心地《ここち》よい顔で息を漏《も》らすのを見て、フェリも湯に入った。

ぬるっとした感触《かんしょく》が足に伝わってくる。ただのお湯ではない濃厚《のうこう》な何かが混入しているのがよくわかる。

全身を浸《つ》けると、そのヌルリとした感触に思わず体が震《ふる》えた。緩《ゆる》い低周波が体全体をぴりぴりと刺激《しげき》してくる。

湯がすぐ近くに来ると強烈《きょうれつ》な薬草のにおいが鼻を突く。

「慣れるまで辛《つら》いだろうからな。出て入ってを繰《く》り返そう。長く浸かっていれば疲労《ひろう》が驚くぐらい抜けるぞ」

「そうなんですか」

「ああ……」

隣《となり》では、ニーナはリラックスした様子で目を閉じている。確かに低周波で刺激された肌の隙間《すきま》から薬効が染み込んできているような感覚があって、少し気持ちいい。だけれど、このにおいはいただけない。

「隊長が無駄《むだ》に元気な秘密はここにあったんですね」

「無駄にって……お前」

ニーナはなにか言いたそうにしたが、すぐに苦笑《くしょう》に変えた。

「健康なのはいいことだからな。体調管理にはこれでも気を遣《つか》っているんだ。隊長職である以上、そうそう休んだりはできないからな」

「でも、上が休まなければ下も休めませんから、ほどほどにお願いします」

「お前たちは関係なく休むじゃないか。もう少し真面目《まじめ》になれ」

それはその通りだと、フェリは沈黙《ちんもく》した。

「……まぁ、今日はそんなことを言うのはやめよう。せっかくの休みなんだからな」

「そうですね、それがいいと思いますよ」

しかし、小隊のことがなくなると会話の糸口もなくなってしまう。だからといって、特に困ることもなかった。フェリは静かな時間が嫌《きら》いではないし、頻繁《ひんぱん》にここに通っているらしいニーナにしても会話がないことを苦にする性格ではないのだろう。

結局、特に気まずい空気になることもなく静かな時間を過ごした。

†

その騒《さわ》ぎは脱衣所で着替《きが》えを終えたところでやってきた。

「さて、なにを食べようか」

着替えを終え、ニーナを半歩先に進ませる感じにしてその言葉の返事を考えていると、いきなり脱衣所の向こうから慌《あわ》ただしい音がした。

ガラスの割れる音だ。それもかなり大きい。

剣呑《けんのん》さのある騒がしさにニーナの表情が一変、脱衣所から飛び出す。フェリもその後を追った。

脱衣所の先には男女を分けるための狭い廊下《ろうか》があり、その向こうには浴場の受付がある。半自動化されているのだが、それでも職員として働く生徒の姿がある。

フェリたちが入るときにいた女性職員が、大柄《おおがら》な男に捕《つか》まっていた。

他にも数人の男たちがいた。

「おい、なにをしている!」

ニーナが叫《さけ》ぶ。

全員、ツェルニの学生にはとても思えない風貌《ふうぼう》をしていた。何より問題なのはその手に復元状態の錬金鋼《ダイト》が握《にぎ》られていることだ。

「隊長……っ!」

その叫びは迂闊《うかつ》だと、フェリはすぐに判断した。ニーナもすぐにそれに気付いて顔を歪《ゆが》ませる。ニーナは錬金鋼《ダイト》を携帯《けいたい》していた。だが、浴場に入る前に受付に預けていたのだ。

「全員動くな」

リーダー格らしい男が騒ぎを聞きつけた生徒たちを恫喝《どうかつ》する。

「これよりお前たちは捕虜《ほりょ》だ。迂闊な真似《まね》をしなければ危害は加えない」

理性的な声だ。そしてそれだけに、この状況《じょうきょう》では厄介《やっかい》だとフェリは思う。こちらが何かをする隙《すき》を与《あた》えてはくれないだろう。

乱入者たちは、周囲にいる利用客たちを受付前に移動させ取り囲む。フェリとニーナもそれに従わされた。

移動しながら、ゆっくりとフェリはニーナの陰《かげ》に隠《かく》れた。思考がめまぐるしく動き出す。すでにニーナは目をつけられた。いや、ニーナが声を上げなくてもいずれは目をつけられたことだろう。見る限り、放浪《ほうろう》バスに乗ってやってきた武芸者だ。ニーナを武芸者と見分けることぐらいは簡単にするのではないだろうか。

なら、ニーナに目を向けている間に自分ができることとはなにか？　この状況はどういうものなのか？

それを考える。

受付前のガラスが破られていた。乱入者たちはあそこから飛び込んできたのだろう。ここは一階ではないし、乱入者たちが錬金鋼《ダイト》を復元しているところから、どこかで戦闘《せんとう》をした上で逃《に》げてきたと考えるのが妥当《だとう》だろう。

なにから逃亡《とうぼう》してきた？

（考えるまでもないことですね）

たまにはのんびりしたい。思わぬ形で来ることになった保養所だというのにこの騒ぎ、フェリはこっそりとため息を吐《つ》いた。

予測を肯定《こうてい》するかのように、破れた窓から拡声器を通した声が流れ込んできた。

「君たちはすでに包囲されている！」

聞き慣れるほどではないが、聞いたことのある声だ。レイフォンのバイト先の責任者。都市警察の偉《えら》い人間。

たしか、フォーメッドという名前だったか。

「こちらには人質《ひとじち》がいる！」

リーダー格の男が大声を返した。

「我々は、放浪バスがくるまでの安全の保障を要求する！　その確約が得られるのならば、人質の安全は保障する。さもなくば……」

男たちの目が危険な光を宿してフェリたち人質を見る。おびえた声があちこちで起きる。追い詰《つ》められた人間の切迫《せっぱく》した視線には凶暴《きょうぼう》なものがあった。

「待て！」

フォーメッドの声がそんな男たちの視線を引きはがしにかかる。

フォーメッドと犯罪者たちとの交渉《こうしょう》で、大まかな情報を理解した。

どうやら彼らはツェルニの養殖《ようしょく》科をメインターゲットに情報窃盗《せっとう》を行っていた集団らしい。おもな窃盗役はすでに逮捕《たいほ》され、彼らはその人物の護衛役であったらしい。だが、発覚した時に一目散に逃げたようなので、彼らの結束はそれほど固くはないようだ。

逃亡した彼らを都市警察は追い、そしてこういう状況となった。

とんだとばっちりを受けたということになる。

「ツェルニは学園都市だ。都市外への強制退去はよほどのことがない限り執行《しっこう》されない。君たちの命の保障はすでにある。こんな行為《こうい》は君たち自身、死刑《しけい》執行の同意書にサインをしているようなものなんだぞ」

フォーメッドのその言葉は少なからず動揺《どうよう》を与えたようだ。

この閉鎖《へいさ》した都市では、犯罪者はどれだけ抵抗《ていこう》しようと放浪バスがいない状態では逃げ場がない。交通都市ヨルテムの庇護《ひご》から外れた、自前の放浪バスを持つような犯罪組織ならばともかく、そうでなければ放浪バスがやってくるタイミングを見越《みこ》して行動を起こすのが常套《じょうとう》手段だ。それが失敗すれば、彼らは捕まるまではかない抵抗を続けるしかなくなる。

その先に待っているのは戦闘中による不幸な事故か、強制退去という名の死刑しかない。

そうとわかっているから、犯罪者たちはこんなにも切迫した目をしているのだ。

だが、フォーメッドの一言は彼らの心の圧迫《あっぱく》をほんのわずかでも弛《ゆる》めることに成功したようだ。

(動くならいましかありませんが)

しかし、このままうまくいけば動く必要もなく彼らは投降するかもしれない。

しないかもしれない。

その時のための準備はしておかなければいけないだろう。武芸者としての責任感でもなく、身の安全のためでもなく……いや、身の安全のためか。

フェリを守るように位置取っているニーナの背中が、やる気を隠そうと必死になっているからだ。ニーナは彼らが自暴自棄《じき》になった時、身を挺《てい》してここにいる生徒たちを守ろうとするに違いない。武芸者としてではなく、そういう性格なのだ。

(せめて、隊長の錬金鋼《ダイト》の位置を詳《くわ》しく探《さぐ》っておかないと)

しかし、それをやるには念威《ねんい》を使わなくてはいけない。錬金鋼《ダイト》という増幅《ぞうふく》装置がなくとも、この距離《きょり》ならば素《す》の念威だけで探ることは簡単なのだが、その気配を察知されては元も子もない。ただでさえフェリの念威量は半端《はんぱ》ではなく、錬金鋼《ダイト》という導体に集中させるのではなく散漫《さんまん》に放出する場合は、量に気をつけなければ髪《かみ》が自分の念威に反応して光ってしまうのだ。

(慎重《しんちょう》に念威を放出しなくては)

細心の注意を払《はら》いつつ、念威を放とうとして……

「おい、なにをしている!?」

男の一人がこちらを見て叫んだ。

「え？」

我に返ったフェリは自分の状況に驚《おどろ》いた。振《ふ》り返ったニーナも驚いた顔をしている。肩にかかって胸の前に流れていた自分の髪が視界に入っている。

髪が輝《かがや》いているのだ。

まだ、微量《びりょう》しか放出していないつもりなのに、髪は普段《ふだん》の戦闘でも滅多《めった》にしない全開で放出したかのようにまばゆく輝いていた。

「これは……」

だが、フェリはすぐに口を閉《と》ざした。

理解したのだ。

ほんのわずかなこの一瞬《いっしゅん》の間で、このフロア全体の様子から、人の配置、先々日からの不審《ふしん》の理由まで、なにもかも理解してしまった。

「左四十度！」

ニーナの目を見て叫ぶ。

それだけで通じた。武芸者の高速移動をフェリの肉眼が捉《とら》えることはできない。だから
これは、念威が捉えた動きだ。

ニーナが動く。放った衝撃波《しょうげきは》が受付カウンターを砕《くだ》き、その下に置かれていた荷物が飛

び出す。

その中に錬金鋼《ダイト》もあった。ニーナの錬金鋼《ダイト》だ。

カウンターの破片《はへん》とともに飛び出した錬金鋼《ダイト》は剣帯《けんたい》の中におさまったまま壁《かべ》にぶつかり、跳《は》ね返ってくる。ニーナがそれを取ろうと手を伸《の》ばす。周りにいた犯罪者たちがそれを止めようと武器を振るう。

それを遮《さえぎ》る動きは、ニーナが動いたとほぼ同時に起こっていた。

「がっ！」

「うおっ！」

衝撃に放たれた苦鳴が二つ、発されたと同時に同じ数の倒《たお》れる音が響《ひび》く。

脱衣《だつい》所とは反対の方角、エレベーターの前で殺到を解いたシャーニッドが狙撃銃《そげきじゅう》型の錬《ダ》金鋼《イト》を棄《す》て、拳銃《けんじゅう》型の錬金鋼《ダイト》を復元して迫《せま》る。

残った三人は意志の疎通《そつう》に失敗し連携《れんけい》もならず、どちらに対応するかを迷って立ちつくした。

その間にニーナは錬金鋼《ダイト》を掴《つか》み、カウンターの向こうの壁を蹴《け》ると方向転換《てんかん》して復元鍵《ふくげんけん》語《ご》を唱え、犯罪者たちに向かっていく。

ニーナはリーダー格へ、シャーニッドが残り二人へ。

「ガキどもがっ！」

リーダー格が吠《ほ》え、ニーナに斧型《おの》の錬金鋼《ダイト》を振るう。

「ガキを舐《な》めるな！」

ニーナは斧の一撃を左の鉄鞭《てっべん》で受け止め、着地するや流す。勢いを利用して体を回転させながら相手の背後に回ろうとする。相手もさすがに慣れた武芸者だ、それを許さない。わずかに崩《くず》れた体勢のまま前に進み、ニーナの攻撃《こうげき》の流れを崩した。ニーナもそれ以上攻撃に固執《こしゅう》することなく、その場で仕切りなおす。

空気の乱れが静まる間もなく、次の衝突《しょうとつ》が起こる。

そう見えた。

男が動く。ニーナも前に出る。

ニーナは跳躍《ちょうやく》し、大上段からの無謀《むぼう》とも取れる一撃を敢行《かんこう》した。男は隙だらけのその攻撃に嘲笑《ちょうしょう》を浮《う》かべて迎《むか》え撃《う》とうとする。

だが、不意は背後から打たれた。

「ぐあっ」

衝撃と同時に全身に痺《しび》れが走る。麻痺弾《まひだん》だ。

撃ったのは、シャーニッドだった。二人の武芸者を相手にしつつ、その間隙《かんげき》にただ一発をリーダー格のがら空きの背中に見舞《みま》ったのだ。

だがこれで、二人を相手にして余裕《よゆう》のないシャーニッドにもはっきりとした隙ができた。

しかし、その二人も背後からの衝撃にのけぞり倒れることになる。

今度は、ニーナだ。大上段の一撃を放とうとしたのはフェイクだが、その動作のままに左右の鉄鞭を投げ放ったのだ。

「ま、信頼《しんらい》の勝利ってやつだな」

念のためにと倒れた二人にも麻痺弾を撃ち込み、シャーニッドが唇《くちびる》を曲げる。

「仲間をうっちゃって逃げるような奴《やつ》にはできねぇ真似《まね》だよな」

「簡単に言うな」

ニーナが荒《あら》い息を整えながら鉄鞭を拾う。

「思惑《おもわく》どおりに動いてくれるか、そっちの心配ばかりしてたぞ。練習をすぐにさぼるからな」

「言ったろ？　能ある鷹《たか》は爪《つめ》を隠《かく》すんだって」

「隠しすぎだ。まったく……」

どこか和《なご》やかな空気が流れ始めた中で、都市警察の面々がやってきた。

「さて、知っていたんですか？」

フォーメッドが短い間でフェリたちの機転を讃《たた》えて去った後、二人にそう尋《たず》ねた。

「なんのことかな？」

わざとらしくとぼけるニーナにフェリはため息を吐《つ》き、彼女らの背後を見た。

「謀《はか》りましたね？」

そこにはカリアンの姿があった。

「仕方ないじゃないか。小さな頃《ころ》のことだけかと思っていたのに、いきなりなるんだからね」

「だからといって……」

それにどうしてカリアンが過労だなんて言ってフェリの状態を隠すような真似をしてまで保養所に移動させたのか。

疑問を覚えている間に、カリアンがそれを説明した。

「それに、あのままだといろいろとプライバシー侵害《しんがい》になるからね。わかっているかな？あそこは集合住宅で、故郷の実家のようには広くないんだぞ」

†

それを言われてしまっては、フェリも黙《だま》るしかない。

「おいおい、いまなにげに金持ち自慢《じまん》されたぜ？」

「黙ってろ」

ぼそぼそとしたニーナとシャーニッドの会話が聞こえてくる。

耳ではなく、念威で。

いまは念威を抑《おさ》え、髪も光っていないというのにだ。

フェリの念威の量は、一般《いっぱん》的な念威《ねんい》繰者《そうしゃ》に比べてはるかに多い。それはフェリが念威の天才と呼ばれる要因の一つだが、より正確にはそれだけの量の念威を制御《せいぎょ》できているからということになる。

だが、生まれた時からその念威を完全に制御できていたわけではない。常に無作為《むさくい》に情報が脳内で展開される。ものの わからない赤子の時にはそれこそ右から左に流すだけのことでしかなかったが、少しでもものがわかるようになってきてからは、その情報に惑《まど》わされ、あるいは許容量を超《こ》えて、驚くほど鈍感《どんかん》になったり思考能力が低下したりもしていた。

そんな状況《じょうきょう》を克服《こくふく》して、いまのフェリがいる。

「人の秘密を勝手に話すのは感心しません」

「む……」

「黙っているわけにもいかないだろう」

だが、フェリにとっては放射し続けて当たり前なのが念威なのだ。それを制御し放射しないように抑え続けているのは、無理があるのかもしれない。

だから、ここに来る以前は時々制御が慢性《まんせい》的に弱くなり、念威を垂れ流したままになる時があった。そういう時は、聞こえない場所の声が聞こえたり、見る気もない場所が見えたり、まるで逆に一日中ぼんやりとしてなにもやる気が起きない時がある。

それも十を超えたあたりから少なくなり、ツェルニに来る直前にはもう完全に治ったと思っていた。

しかしまさか、いまさらになって再びあの状態になるとは……

「ここに来たのは非常処置だよ。宿泊施設《しゅくはくしせつ》があり、利用者も少ない。まぁ、念のためにフェリの部屋の上下左右の部屋に人が入らないように取り計らったんだが」

しかしそれでも、カリアンとニーナの会話が聞こえてきた。あの時だろう、ニーナに詳しい事情を話したのは。

「ああ……と、な。ここに来たのは本当に偶然《ぐうぜん》なんだ。ただ会長が、疲《つか》れさせた方がいいだろうというんで、水泳の訓練をしてみたんだ。……その、すまん」

ニーナが頭を下げる。

しかし別に、ニーナに謝ってほしいわけではない。逆に、恥《は》ずかしさで顔が真っ赤になるのがわかる。

ただ、話したカリアンを睨《にら》む。

「そう怒《おこ》らないでくれたまえ」

フェリはゆっくりとため息を吐いた。それを怒りの矛《ほこ》を収めたと勘違《かんちが》いしたのか、カリアンが近付いてくる。

「……あなた方にはきっとわからないのでしょうけどね」

フェリにとっては、この歳《とし》になってもまだ夜尿症《やにようしよう》が治ってないと思われるのと同じぐらいに屈辱《くつじよく》だということを。

ただ黙って、カリアンの脛《すね》を本気で蹴った。

ウェア・マイ・ローズ？

悩《なや》む男がここに一人。

「ああ、一体どうしたら……」

天を仰《あお》ぎ、言葉を放つ。

その言葉がきらめきとなり空気に散っていく。だが、その光には憂《うれ》いが混じり、輝《かがや》きがやや褪《あ》せているように思えた。

「わたしは、どうしたらいいのだ？」

その問いかけは誰《だれ》に向けたものでもない。己《おのれ》に向けられたものだ。だが、答えを己の中から見出《みいだ》せないまま、自らの世界へと沈《しず》んでいく。

我が身を抱《いだ》き、苦悶《くもん》に身をよじらせる。

苦悩《くのう》の元は己の内にあり、そして問いかけもまた同様。

「ああ……」

しかし、彼はそれを表現せずにはいられない。身を抱き、よじり、憂いをその顔に纏《まと》い、繰《く》り返し、積み重ねられた問いを言葉にする。

「ああ、わたしの愛はどこに⁉」

全身でそれを表現する。

具体的には両手を広げ、天を仰いだまま、片足立ちで回転という形で。

「踊《おど》るな！」

「ああ、無情！」

ヴァンゼの問答無用の一撃《いちげき》に、男は身をくねらせながら宙を舞《ま》った。

†

「大スクープよ！」

教室に駆《か》け込んできたミィフィはレイフォンを捉《つか》まえると教室中に響《ひび》き渡《わた》れと叫《さけ》んだ。

「ミィ、聞こえてるって」

授業は終わり、最後の掃除中《そうじ》だった。レイフォンは教室を箒《ほうき》で掃《は》いていた。

確か、ミィフィは校舎前の掃除だったはずだ。

教室の掃除も始めてからまだそれほど経《た》ってない。校舎前なら、今始まったばかりだとしてもおかしくはない。

「それより、掃除は」

「それどころじゃないってば！」

ミィフィの目は輝いていた。彼女の瞳《ひとみ》は好奇心《こうきしん》の度合いに応じて輝きが違う。今の彼女の好奇心度は最大だ。

だからといって、それが彼女の持ってきた話に信用度を与《あた》えるかというとそうではないのだが。

この場にはナルキもメイシェンもいない。二人とも他《ほか》の場所を掃除している。

つまり、ミィフィを抑えたり、ツッコんだりしてくれる人はいないということだ。

「それで、なに？」

レイフォンはため息とともに尋《たず》ねた。

「なにそれ？　興味ないの？　すっごい話だからまずレイとんに聞かせてあげようと思ったのに。むしろ感謝して、大感謝して！　きっとそうなるはずだから、前払《まえばら》いでお願い」

「いや、前払いはなしで」

「むう、そんなところは堅実《けんじつ》だね。いけず」

「いや、だからなんなの？」

いい加減、周りの視線が集まってるのがつらい。クラス委員の女の子が睨んでいる。ミイフィの天敵。レイフォンだって苦手だ。早く話を終わらせて掃除を再開したい。

「ちょっとミィフィさん……」

大またでクラス委員の子が近づいてくる。

「うわっ、やば」

ミィフィも彼女が教室にいるのに気付いて、すぐにレイフォンの耳を指で引っぱった。

「あのね……」

告げる。

「じゃあ、その続きは後で！」

すぐにミィフィはレイフォンから離《はな》れると、クラス委員の子が制止するのも聞かず教室を飛び出していった。

「廊下《ろうか》は走らない！」

「ごめーん！」

怒られ、でも止まらないミィフィにクラス委員は肩《かた》を怒《いか》らせて教室に戻《もど》ってくる。

レイフォンは引っぱられた耳をさすりながら、ミィフィの囁《ささや》いた言葉を脳内で反芻《はんすう》した。

そうしないと、信じられなかったからだ。

「……え？」

ニーナに恋人《こいびと》ができた？


そして掃除も終わり。

レイフォンとミィフィは最上階の階段の踊り場にいた。暑さのせいで屋上には人がいない。屋上に用がなければこの踊り場にも人がいない。常に日陰《ひかげ》のこの場所はかなり涼《すず》しいのだが、放課後にまでここに集まろうとするものはいないようだ。

「それで、どういうこと？」

レイフォンとミィフィは自動販売機《はんばいき》で買ったジュースを片手にその場に座り込み、額を合わせるほどに近づいて話していた。

ナルキもメイシェンもバイトがあるのでいない。レイフォンも練武館に行かなければならないのだが、話をちゃんと聞いておかなければニーナを見てなにを言えばいいのかわからなくなりそうだった。

「まさか……デマとかじゃないよね？」

「失礼な。ちゃんと、このミィちゃんが目撃《もくげき》したんだから」

ひそひそと話しながら胸を張るという器用なことをするミィフィを、それでも疑わしげに見ていると、彼女は証拠《しょうこ》の品を出してきた。

写真だ。

「これ、さっき掃除してるときに撮《と》ったの」

それはつまり、教室から逃《に》げ出してからすぐに現像したということだ。

結局あのまま掃除から逃げ出したという事実はこの際おいておくとして、レイフォンは写真を見た。

そこには校舎前の並木道を歩く一組の男女が写っている。

ニーナとどこかで見たことがあるような男だ。

「男……だよね？」

自信なさげに尋ねた。

ニーナの隣《となり》に立っているのはウェーブした金髪《きんぱつ》を優雅《ゆうが》に伸《の》ばした男だった。化粧《けしょう》でもしているのか、妙《みょう》に派手な顔だ。線も細い。シャツも規定のものではない。なんだかやわらかそうな生地《きじ》で、袖《そで》にヒラヒラしたものが縫《ぬ》い付けられている。胸が大きく開き、赤い花が飾《かざ》られている。

大きく開いた胸元《むなもと》から男だとわかる。

わかるのだけど、写真越《ご》しにでもその雰囲気《ふんいき》が男らしくないのがわかってしまう。

「なに言ってんの、第一小隊のラファエラ・セルファ先輩《せんぱい》じゃない」

ミィフィが当たり前のようにその名前を言った。

「武芸科美形ランキングで常に上位三人の中にいるような人よ。今年は堂々の一位。あ、ちなみにシャーニッド先輩は今年五位ね。レイフォンは四位」

「いや、それはどうでもいいから」

なぜ自分の名前がそこであがるのか、その疑問は、いまは本当にどうでもよかった。

「それで、どうしてこの人が」

「それはいまから調べないといけないけど」

「じゃあ、もしかしたら偶然《ぐうぜん》一緒《いっしょ》になっただけかも？」

この時間に一年校舎の前を歩いているとしたら、向かう場所は練武館だろう。ラファエラという男も小隊員だというなら、行く途中《とちゅう》で偶然出会ったという可能性もあるに違いない。

「甘い！　レイとん、それは甘い！」

しかし、ミィフィはレイフォンのそんな考えを頭から否定する。

「レイとんはこの写真を見てもわからない？」

押し付けられる。しかし、やはりわからない。初めてまじめに顔を見るラファエラの表情の違いなどわからない。かといってニーナを見てわかることといえば、浮《う》かべている笑《え》みがなんとなくぎこちないかなというぐらいか。

「隊長、この人苦手なのかな？」

「なんでよ!?」

ヒソヒソ声でツッコまれる。

「見るべきところはそこじゃない。ここよ！　ここ！」

ミィフィが指差したのは写真の中央。

二人の肩のあたりだ。

「……？」

首を傾《かし》げているとミィフィが頭をかきむしった。

「ああ、なんでわかんないかなぁ。レイとんだから？　それとも男だから？　男だからだとしたら、なんて救いがたいの。そんなんだから、こんなキュートな乙女《おとめ》の存在をみんな忘れてしまうのよ！」

よくわからない恨《うら》みの念を撒《ま》き散らし、ミィフィはもう一度、同じ場所を指差した。

「これよ、この距離《きより》感《かん》！　わかんないかなぁ。ただの通りがかりの男女がこんな近い距離で一緒に歩くわけないいじゃん」

そう言われても、やはりレイフォンにはわからない。もしかしたらミィフィの言うとおりなのかもしれない。なにしろ、普段《ふだん》そんなことを気にしたことがないのだ。

でもそういえば、なにかの用事でクラス委員の子の荷物運びを手伝った時、彼女は少し距離を開けていたような気がする。でもそれは、彼女がそういう距離感を好む子だからかもしれないし、やはり一概《いちがい》にそうとは言えない気がする。

「とにかく、二人はかなり怪《あや》しいの！　わかった⁉」　だからレイとんがこれからすることは、もっと決定的な証拠を手に入れること。

やはり首をかしげていると業《ごう》を煮《に》やしたのか、ミィフィはそう怒鳴《どな》った。

レイフォンはこくこくと頷《うなず》いた。

†

練武館に辿《たど》り着くと、すでにニーナはいた。

「遅《おそ》いぞ」

怒《おこ》られ、謝りながら準備をする。ダルシェナはともかくとして、すでにシャーニッドもフェリも来ている。ナルキは警察の方にいるからいないのは当然として、それを除けば、すでに全員が揃《そろ》っていた。

床《ゆか》には硬球《こうきゅう》がばら撒かれていた。レイフォンがサイハーデン流の訓練をニーナに説明してから、隊の基礎《きそ》メニューに組み込まれてしまっている。

青石錬金鋼《サファイアダイト》を復元し、硬球の上に立つ。もうみんな慣れたのか、硬球の上でバランスを保つ姿に危なげがない。

「フェリ」

一通り基礎の型をこなし終えると、ニーナが暇《ひま》そうに雑誌を読んでいるフェリに声をかけた。

「…………」

フェリが無言で復元状態のまま横に置いておいた錬金鋼《ダイト》を摑《つか》む。すでに訓練室中に配置されていた念威端子《ねんいたんし》は、かすかな電光を漏《も》らすとレイフォンたちを淡《あわ》い光で取り囲んだ。

念威繰者《ねんいそうしゃ》の防御法《ぼうぎょ》、磁性結界を張ったのだ。

硬球を使った訓練の次の段階だ。

ニーナが、シャーニッドが、ダルシェナが、そしてレイフォンが、全身から衝剄《しょうけい》を放つ。ごく微弱《びじゃく》な威力《いりょく》だが、ばら撒かれていた硬球はそれで一斉《いっせい》に跳《は》ねる。外に飛ぼうとしたものは磁性結界によって跳ね返される。

結界の向こうでは、フェリが再び雑誌に目を落としている。その隣ではタイマーが時を刻んでいた。

レイフォンたちは無秩序《むちつじょ》に飛び跳ねて襲《おそ》い掛《か》かる硬球を、避《さ》け、あるいは打ち返す。さきほどのような全身からの衝剄は反則。使うとしても方向を定めた、硬球一つを跳ね返すものでなくてはならない。

「あだっ」

「ちっ」

「くっ」

三人が打ち返せず、避けられなかった硬球に打たれて声をあげる中、レイフォンは最小限の動きで迫《せま》る硬球をかわし、打ち返す。あるいは腕《うで》も足も使わず、筋肉の動きだけで発生させた衝剄で跳ね返す。

しながら、ニーナを見る。

いつもと変わらないように見える。

死角からの硬球に背中を打たれても怯《ひる》むことなく。躍起《やっき》になって神経を尖《とが》らせて鉄鞭《てつべん》を振《ふ》り回す。もう少し肩の力を抜《ぬ》けばいいのにと思う。この訓練は反射神経を磨《みが》くためであると同時に、視界を広げるための訓練でもある。一つのことに集中していると、それに対しての反応はよくなるがその外側で何かが起これば簡単に対処できなくなって崩《くず》れてしまう。それを防ぐために自分を取り巻く全《すべ》ての状況《じょうきょう》を見るともなく見、感じるようにすることがこの訓練の目的だ。

一つのことで頭がいっぱいになる姿は、やはりいつものニーナだ。

（恋人？）

とてもそんなものができたようには見えない。

いや、恋人ができればどうなるのか、レイフォンにはよくわからないのだが。

周囲の空気に花を散らすように、ほほを染めてひっそりと笑うニーナを想像して、レイフォンはあまりにもらしくないその姿に首を振って否定した。

やはり、なにか変化があったようには見えない。

タイマーが定められた時間が過ぎたことを知らせ、電子音を鳴らす。レイフォンたちは武器を収め、今度は飛んできた硬球を摑み取る。

跳ね回る硬球がなくなったところで磁性結界が解かれた。

「はぁ、きちぃ……」

シャーニッドがあごを伝う汗《あせ》をぬぐい、スポーツドリンクを飲む。ダルシェナもタオルで汗を拭《ぬぐ》う。

ニーナも同じようにタオルを使うとそれを首にかけ、さきほどまでのことを思い出してイメージトレーニングをしているのか、鉄鞭を構えている。

一人汗を流していないレイフォンは足元の硬球を拾い上げて剣先《けんさき》にのせながら、そんなニーナを見ていた。

同じことを三セットこなし、他の訓練メニューを済ませると終了《しゅうりょう》の時間となった。思い思いにクールダウンを行う他の連中の中でレイフォンも活剄《かつけい》をゆるく走らせながら歩き、ベンチにあったスポーツドリンクに手を伸ばす。

「どうか、したんですか？」

フェリが本から顔を上げて尋《たず》ねてきた。すでに重晶錬金鋼《バーライトダイト》は剣帯に収まり、いつでも帰れる状態だ。

「へ？」

「なにか、気になっていたようですが」

「あ、いや、別に……」

「嘘《うそ》つくなよ」

言い訳を考えようとしていると、後ろからシャーニッドに首を摑まれた。

「お前、ずっとニーナを見てたじゃねぇか」

声を抑《おさ》えたシャーニッドはニヤついている。

「なぁ、フェリちゃん？」

「汗臭《あせくさ》い」

自然、顔を寄せ合うような形になったシャーニッドに、フェリはそう答える。

「ふふん、これが良いっていう女もいるんだぜ」

「そこからわたしは除外してください」

冷たい態度にまるで懲《こ》りないシャーニッドは、もちろん彼女から距離をとるということをしない。

「で、なんなのよ？　妙にニーナのことを気にしてたみたいだが、なんかあったのか？」

「だから、なんにもないですって」

「もしかしてお前、いまさらニーナに切ない気持ちになったりしたんじゃないだろうな」

「なんですかそれ……？　え？　いまさらって……？」

シャーニッドのその言葉に妙なひっかかりを覚えた。

どうして、『いまさら』なんて言われるのだろう。

だが、その答えを聞くよりも早く、ノックとほぼ同時にドアが開いた。

「やぁ、もう訓練は終わっていると思うのだけど？」

振り返ったレイフォンが見たのは、あの男だった。ラファエラ・セルファだ。

写真のままの格好をしたラファエラは、左手に大きな箱を持っている。

「ラファエラ先輩《せんぱい》。どうしてここに？」

汗を拭《ぬぐ》っていたニーナは慌《あわ》てた様子でラファエラを出迎《でむか》えた。

「ふふふ、マイハニーの姿を少しでも多く見たいと思うのはごく自然な気持ちではないかな？」

「マイハニー……」

レイフォンの首に腕を回したまま、シャーニッドが食べなれないものを食べたような微《び》妙《みょう》な顔になった。フェリは黙《だま》っている。だが、その目が大きく見開かれていることから、やはりシャーニッドと同じような感想を抱《いだ》いているのは間違《まちが》いないだろう。

「マイハニーってそんな……」

言われたニーナはどう受け止めて良いのかと困惑《こんわく》した顔をしている。

「まぁ、恋人同士《こいびと》のあり方についてはまた後ほど語り合うとして、いまここに来たのはこれのためだよ」

そう言うと、ラファエラはニーナに手にしていた箱を渡《わた》した。

「これは……？」

「君に似合うと思って用意させたものだよ。ぜひとも受け取ってほしい」

箱を受け取ったニーナは、やはりどこか戸惑《とまど》うような表情をしている。

「次の休日、君がそれを着てわたしの前に立ってくれると嬉《うれ》しい」

言い残し、ラファエラは颯爽《さっそう》と去っていく。

後にはなんともいえない空気が残った。

それは形にすると、とても巨大《きょだい》な『!?』かもしれない。


全ての訓練が終わり、レイフォンたちの姿は最寄《もよ》りのレストランに移動していた。

ニーナは訓練が終わるとそそくさと帰ってしまったため、この場にはいない。

「どういうことだ？」

口火を切ったのはダルシェナだ。

「なんで、ラファエラなんだ？」

ダルシェナにとっての疑問は、ニーナに恋人ができたというよりもその相手がラファエラであることのようだ。

「なんであんな気色の悪い男を……」

「いや、ジャンル的には、お前とラファさんは同類じゃね？」

握《にぎ》りしめた拳《こぶし》を震《ふる》わせるダルシェナに、シャーニッドは冷静に呟《つぶや》く。

「ほほう……？　では貴様、このわたしが男であっても大丈夫《だいじょうぶ》だというんだな？」

「いや……まぁ、それは勘弁《かんべん》？　てか、お前だってジャンル部分は否定してねぇじゃねぇか」

「そんなことはどうでもいい！　いいか、あいつはこの間の試合でわたしになんと言ったと思う？『ははは、ダルシェナ君、美しい薔薇《ばら》は咲《さ》き急がないものだよ』だぞ！」

以前にあった対抗《たいこう》試合での最終戦。どうやら、罠《わな》にはまったダルシェナにとどめを刺《さ》したのは、ラファエラだったようだ。

「あの男の存在自体が腹立たしいというのに、アレにやられたのだぞ！」

試合後、かなり荒《あ》れていたと聞いてはいたが、もしかして試合に負けたことよりもラファエラにやられたということの方に腹を立てていたのかもしれない。

「それで、なにがどうなってるの？」

荒れるダルシェナから一番遠い場所でハーレイが尋ねてきた。あの場にいなかったハーレイだが、その後に練武館に顔を出したところをシャーニッドにここまで連れてこられたのだ。

「そうだ、ここはニーナの生態に詳《くわ》しい専門家の意見を聞くべきだ」

「生態って……」

そんなハーレイの戸惑いを無視して、シャーニッドがさきほど練武館であったことを説明する。

聞くうちにハーレイの顔がどんどん青ざめていった。

「どうよ？　ニーナとラファさんのカップルってありだと思うか？」

「いや……え？　ラファエラ先輩？　なんで？」

呟くと、ハーレイは頭を抱《かか》えた。

「うわー、そんな場面見なくて良かった。いや、もしかしたらこれから見ることになるのかも？　うーん、勘弁してほしい」

「……隊長の家は、故郷ではそれなりに大きな武門だと聞きましたが？」

今まで黙っていたフェリが、そう口を挟《はさ》んだ。

「あ、うん。アントーク家はシュナイバルでは名門だよ」

「では、ああいう上流階級的な付き合い方も心得ていると思うのですが」

「どういうこった？」

「あの箱ですが、ビネラ・バミーラでした」

それでダルシェナがあっと声を上げる。レイフォンはわからなかったが、シャーニッドが説明してくれた。

「ビネラ・バミーラは服のブランド名だ。上流階級相手のデザインがメインだな。ああ、そういや、ツェルニでもあそこのデザインデータ持ってる店あったなぁ」

思い出しているのか、シャーニッドが天井《てんじょう》を見上げる。

「注文生産のみですから、知らなくて当然です」

「下手な材料でやってもあのデザインの気品は表現できないからな、そうなるのは当たり前だ。だが、材料があっても腕前《うでまえ》の方は学生だ。わたしならこんなところでそんな高級ブランドに期待はしない」

フェリとダルシェナに説明されて、レイフォンはありえないと首を振った。

「そんなブランド、知ってても怖《こわ》くて手が出ませんよ」

服はいつも安い店でしか買わないのだから、そんなブランド物なんて手を出す気にすらなれない。

「……ビネラ・バミーラを着てくなんて状況、ツェルニだったら『夜会』しかないな。おいおい、ラファさんマジでニーナ落とす気か？」

「『夜会』？」

またもレイフォンの知らない単語だ。

「金持ちボンの集まりさ」

「？」

「大きな武門や商業的成功を収めた家……まぁ、金持ちだ。ツェルニに来ているそういう連中の子弟《してい》が作った集まりだ。しかし、学園都市とはいえ外に放《ほう》り出されるような連中だ。あまり品行のよくない者も多い」

ダルシェナが説明を加えてくれた。

「ニーナも本来ならそこに入る資格はあるな。てか、うちはフェリちゃんもシェーナも入れるんじゃないか？」

「興味ありません」

「ないな。あそこの自慢《じまん》大会は聞いていて吐《は》き気《け》がする」

「てことは入ってたことがあるんじゃねぇか」

「……一年の時にな」

思い出したくもないと、ダルシェナは首を振《ふ》った。

「あの、じゃあ、ラファエラという人もあんまりよくない人なんですか？」

ビネラ・バミーラとか『夜会』とか、上流階級的なものにはやはり興味のないレイフォンだが、悪い噂《うわさ》があるような場所に通う人物にニーナが騙《だま》されているのではないか。レイフォンはそっちの方が心配だった。

「いや、ラファさんはそんなんじゃねぇよ」

まっ先に否定したのはシャーニッドだ。

「基本的には善人だ。……変人ではあるがな」

苦い顔をしてダルシェナも付け加える。

「むしろ『夜会』の良心だな。あまりにも素行が悪い者は、アレによって『夜会』から追放される。その際、武芸者なら相当手痛い目にもあうようだ」

名前も言いたくない様子だが、それでもダルシェナはラファエラの人格を否定しない。なら、良い人なのだろう。変人という言葉が気にかかるが。

「しっかし、ラファさんがニーナ？　恋人作んないのはおかしいと思ってたが、まさかニーナみたいなのが好みだったとはなぁ」

ここでの話は、シャーニッドのその言葉で打ち切りになった。

†

授業の合間の小休憩《きゅうけい》、二人は昨日と同じ場所で膝《ひざ》を突《つ》き合わせるほどの距離《きょり》で秘密会談を行った。

「『夜会』でデート？　むむむ」

ミィフィが唸《うな》る。

「むう、あそこは入れないのよね。会員じゃないとだめだし、しかもドレスコードが厳しいらしいから。庶民《しょみん》には辛《つら》いわねぇ」

「そうなんだ」

ミィフィの言葉に、レイフォンはなんとなくほっとした気持ちになっていた。

「まぁ、なにか方法を考えるから」

それだけで休憩時間が終わった。

レイフォンは授業中、なぜ自分がほっとしたのか、その理由について考えてみた。

自分でもよくわからない。

ニーナに恋人ができた。いいじゃないか。彼女だって年相応に恋だってするに違いない。

その相手がヒラヒラでキラキラな、レイフォンにはまるで馴染《なじ》みのないラファエラという男であろうとも、その人物でニーナが良いというのならなんの問題もないはずだ。

問題はない。

「…………?」

ないはずなのだが、なぜだかしっくりこない。

なぜだろう？　どうしてこう、もやもやとしたものがあるんだろう。

「…………ん〜？」

その違和感《いわかん》を消すように、レイフォンは胸を指で掻《か》いた。もちろん、そんなことでもやもやがなくなるわけがないのだが。

放課後、ミィフィに連れ去られた。

誰《だれ》が？

レイフォンが。

「そうだ！」

最後の授業が終わり、さあ、掃除《そうじ》だという時になってミィフィが叫《さけ》び、机から立ち上がり、そしてレイフォンの腕《うで》を取って教室を飛び出した。

「こらっ！　掃除！」

クラス委員の子の怒鳴《どな》り声はあっという間に遠のいていった。

「思いついたのよ！」

校舎を飛び出してからミィフィはそう言った。いまはもう走っていない。手も離《はな》れ、二人は並んで歩いていた。

目的地はまだわからない。

「なにを？」

きちんと履《は》けていなかった靴《くつ》を直しながらレイフォンは尋《たず》ねる。

「『夜会』に潜《もぐ》り込む方法に決まってるじゃん」

「え？」

「場合によってはロハで良い服もゲットできるかも。ふひひ、たーのしみー♪」

言葉通りにスキップしそうなミィフィの先導でレイフォンは歩いていく。

「それで、どんな方法なの？」

「まぁまぁ、任せて」

教えてくれない。教えてくれたのは、いや、指示されたのはその場ではじっとしていること。なにも喋《しゃべ》らないこと。

そして、話がうまくいったら必ず一言付け加えること。

その言葉を教えられ、そうすると約束しても、やはりなにがしたいのかよくわからない。

だが、すぐに誰に頼《たよ》ろうとしているのかわかった。

辿《たど》り着いたのが、生徒会棟《とう》だったからだ。


「……なるほど」

カリアンはゆっくりと頷《うなず》いた。

生徒会長はあっさりと面会に応じてくれた。忙《いそが》しいのだろう。彼の机には書類が山と積まれていた。が、すでに片付けているらしい。お茶を運んでくれた生徒会の人がその書類を運んで行ってしまった。

「『夜会』を見学してみたいと？」

確認《かくにん》の意味だろう。ミィフィが最初に言葉にしたものを繰《く》り返した。

カリアンの声は冷たくはない、だが好意的に受け取れる要素もなかった。レイフォンには読み取れない抑揚《よくよう》がそこにはあった。ああ、なんだか入学式の時を思い出す。胃が痛くなってきた。生徒会長にはもう慣れたと思っていたのに……

「はい」

ミィフィも緊張《きんちょう》しているのか、声が少しかすれていた。

「しかしまた、どうして『夜会』に興味を？」

「だって、レイと……ゴホン、失礼しました。レイフォンは武芸者としては大変優《すぐ》れています。武芸大会を直接見ることはできませんけれど、対抗《たいこう》試合では素晴《すば》らしい試合を見せてくれたではありませんか」

ミィフィが言葉《ことば》遣《づか》いを改めて説明を始めた。

「ふむ？」

それを、カリアンが興味深い瞳《ひとみ》で見つめた。さて、この子はどんな面白《おもしろ》い話を展開してくれるのだろう？　そんな興味のように思えた。肉食獣《にくしょくじゅう》が、この獲物《えもの》はどういう抵抗《ていこう》をするのかな？　というものに近い気もする。実際はそんなことはないのだろうが、そう考えるのが、一番想像しやすい。

そんな緊張感《きんちょうかん》の中で、ミィフィは滔々《とうとう》と言葉を紡《つむ》いでいく。

「そうなると、卒業後、彼は外の都市でも優秀《ゆうしゅう》な武芸者として受け入れられると考えるのは、おかしな結論ではないと思います」

「そうだね。私も同感だ。できることならば私の故郷の都市に来てくれるとなお嬉《うれ》しいと考えているよ。もちろん、生徒会長としてはまずツェルニの平和を考えているし、同時に生徒の未来を束縛《そくばく》するようなことはしたくはないが」

よく言う。束縛しまくってるくせに。レイフォンが一般《いっぱん》教養科として入学したのだという事実は、カリアンの中ではすでになかったことにでもなっているのだろうか。あるいは書類上ですらなかったことになっているかもしれないと考え、レイフォンは身を震《ふる》わせた。

「……わたしの故郷に来るかもしれませんよ」

少し余裕《よゆう》が出てきたのか、ミィフィはいたずらっぽくそう付け加えた。

それにカリアンが応じる。

た。


「ふふ、それはどうだろうね」

「ふふふ、どうなるんでしょうね」

二人の間で微妙《びみょう》な笑《え》みが交《か》わされる。そこには別種の緊張感が漂《ただよ》っているようにも思え
(なんだろう)

その緊張感は自分の頭の上で火花を散らしているように思えてならない。

「それで……ですね。彼は孤児《こじ》です。勘違《かんちが》いしてもらいたくないのですが、別にそれで彼を蔑視《べっし》しているわけではありません。それに、今回の話ではこの部分が重要なのです」

「それで……?」

「では……彼はそんな境遇《きょうぐう》のために、実力相応の社会的厚遇《こうぐう》が与《あた》えられなかったのではないかと考えます。事実、彼の話や仕種《しぐさ》から、わたしの故郷で見るような武門生まれの武芸者のような洗練さは感じられません」

……地味に、ひどいことを言われている気がする。

それに、なにが言いたいのかよくわからない。レイフォンは口を挟《はさ》みたい衝動《しょうどう》に駆《か》られながらもじっとミィフィがこれからどうするのかを見守った。

「……彼が卒業し、他都市で武芸者として過ごすことになった場合、そして彼の実力を示

すような状況《じょうきょう》があった場合、彼の待遇《たいぐう》は一挙に跳《は》ね上がるでしょう。そうなればその都市で上流階級の仲間入りもするでしょうし、そういう場所での立ち居振《ふ》る舞《ま》いも求められるでしょう。しかし、彼にはそういったものを習う機会はなかった。本来ならありえないことですが、彼だからこそあったのです」

「……なるほど、君の言いたいことはわかった」

カリアンはゆっくりと頷いた。

「彼に上流階級的な付き合いを身につけさせる意味では『夜会』に参加させるのは意味があるね」

「そうです。そして、レイフォンがそういう場できちんと振る舞うことができたなら、人々は『さすがツェルニ』と褒《ほ》め称《たた》えてくれるでしょう。その時には、レイフォンを見出《みいだ》し、育てたとして会長の名前も挙がるかもしれません」

「私のことはともかくとして、ツェルニへの入学希望者が増える可能性というのは見過ごせないね。いいだろう、次の『夜会』には彼を招待しよう」

カリアンが頷いた横で、レイフォンはミィフィに横腹を突《つ》かれた。

用意しておいた言葉を呟《つぶや》く。

「それなら、相方はミィフィでお願いします」

†

そして、当日がやってきた。

隣《となり》では、ミィフィがだらしなく笑み崩《くず》れている。

「へへへへ〜〜〜」

せっかく化粧《けしょう》をしているというのに、そんな顔をしては台無しだ。

「それにしても、さすが会長よね、こんな服をぽんと用意してくれるんだから」

そう言ってスカートの裾《すそ》を摘《つま》む。生地《きじ》の肌触《はだざわ》りの良さを蕩《とろ》けるような顔で味わっている。

用意してもらったドレスにご満悦《まんえつ》の様子だ。しかも美容院まで予約してもらっていて、そこで服の着付けから髪型《かみがた》、化粧まで全《すべ》てセットしてもらっている。

もちろんドレスだけではなく、靴や装飾《そうしょく》品、小物を入れるバッグまでもだ。

装飾品は返さないといけないらしいが、靴やバッグ、ドレスは全てミィフィがもらうことになっているらしい。上機嫌《じょうきげん》の理由はここにもあるのではないだろうか。

「そう？　窮屈《きゅうくつ》なだけだよ」

そういうレイフォンも紳士《しんし》服《ふく》や靴など一式を用意してもらい、同じく美容院でセットしてもらった。確かに肌触りは良いし、実際に窮屈というわけではないのだけど、なんとなく動きにくい。

「汚《よご》したらとか考えたら、ぞっとするよ。こんな高いの」

　そういう思いがあるから、動きにくいのだ。

　二人はその格好で、あるビルのエントランスにいた。大きなパーティを催《もよお》す際に空間と料理とサービスを提供することを目的としたビルだ。エントランスには本日の催しの案内があり、行きかう人たちはその案内で自分たちのパーティがある階数を確かめて移動していく。あるいは待ち合わせのためなのか喫茶店《きっさてん》へと向かう。

「やっぱり、わたしたちも喫茶店で待ってようよ」

　ミィフィが自分たちの前を行き過ぎていった人たちを見て、提案する。

「だめ、高すぎる」

　これだけは譲《ゆず》らない。エントランスと喫茶店には意識的にそうしているのだろう、隔《へだ》てるものが目立たないようになっている。レイフォンは武芸者の視力でメニューを確認し、その値段を見て絶対に入らないと即決《そっけつ》していた。

「……小物」

　唇《くちびる》を尖《とが》らせるミィフィに、それでも頑《がん》として譲らないでいると、カリアンがやってきた。

「やぁ、待たせたかな？」

レイフォンたちと同じように正装したカリアンは一人の女性を伴《ともな》っていた。理知的な顔立ちで、なんとなくだが生徒会の人だろうと思った。服装が替《か》わったというのに違和感《いわかん》がない。それだけ立ち居振る舞いが自然だということだし、高価な服だと意識していないということだろう。

「では行こうか」

カリアンに促《うなが》され、レイフォンたちはエレベーターに乗り込んだ。最上階へと来るとそこには意外な顔があった。

「……なにをしている?」

「それはこちらのセリフだと思うけれど?」

エレベーターを出ると、すぐに黒服の大男に出迎《でむか》えられた。

ヴァンゼだ。

「バイトかい? やれやれ、役職料だけでは足りないのかな? 武芸長というのは良い給料だと思うのだけど」

「金なら足りている。だが、仕方ないだろう」

「ふむ……まぁそんなものなのかね。君の家の慣習は知っているが……」

「わかっているならさっさと行け。お前が連れて来たのなら、誰《だれ》も文句は言わん」

ヴァンゼはじろりとレイフォンとミィフィを見て、そう吐《は》き捨てた。

「では、そうさせてもらうよ」

悠々《ゆうゆう》と武芸長の隣を過ぎていくカリアンの後に続き、レイフォンたちも中に入った。

そこは、意外に狭《せま》かった。

幾《いく》つもテーブルが並び、料理が置かれている。隅《すみ》には楽団がいて、会話の邪魔《じゃま》にならないような音楽を奏《かな》でていた。

中央がやけに開けている。

意外に狭いと感じたのは、中央を開けるためにテーブルが端《はし》に寄せられているせいでもあり、同時にいくつも仕切りのある小部屋があるからだ。完全に仕切られているわけではなく、見ようと思えばすぐに小部屋の使用者の顔を確認できるのだが。

「本来、こういう上流階級の集まりは、有力者たちの顔を覚えるということと同時に、約束なしでそういう者たちと話ができるということがメリットだからね。本来は有力者の屋《や》敷《しき》を使ってやることをビルのワンフロアだけでやろうと思えば、こういう無理が出てくる」

カリアンが解説し、空いている小部屋に案内した。その途中《とちゅう》、会場にいた何人もの人がカリアンに挨拶《あいさつ》を送ってくる。カリアンはそれらに丁寧《ていねい》な挨拶を返しながら、しかし一度も歩みを止めなかった。

「それで？」

と、カリアンが言う。

「君たちの本当の目的は、あれなのだろう？」

そう言って、一画を視線で示した。

そこは、ついさっきレイフォンたちが入ってきた入り口だ。

いままさに一組のカップルが入って来ていた。

ラフェエラだ。基本的な格好は変わらないがヒラヒラが増量している。穿《は》いていたズボンが制服ではなくなったため、その部分に増えたのだ。

そして、隣にいるのがニーナだ。——背後にいるヴァンゼを——気にしながら会場に入ってきたニーナは……

「あっ、きれい」

ミィフィが思わず声を零《こぼ》した。

白のドレスだ。鎖骨《さこつ》のあたりまでが露出《ろしゅつ》したすっきりとしたデザインで、胸元《むなもと》を飾《かざ》るネックレスも嫌味《いやみ》がない程度のものとなっている。その代わり、髪《かみ》が艶《つや》を増していた。いつもは少し跳ねている彼女の髪が、いまはおとなしくすらりと頭の形を見せて、シャンデリアの輝《かがや》きを受け止めている。

化粧もしている。淡《あわ》いピンクが塗《ぬ》られた唇と、そして瞳《ひとみ》。瞼《まぶた》にある色が瞳の輪郭《りんかく》をはっきりとさせていた。まつ毛にもなにかしているみたいで、いつもは意識したことのないそれをはっきりと見た。

「ほほう。さすがはアントーク家のご令嬢《れいじょう》というところだね」

カリアンも感心したように声を漏《も》らした。

「アントーク家はシュナイバルでも指折りの武門だからね。彼女もこういう場は慣れているだろう？」

「…………え？　あ、そうですね」

カリアンの言葉でようやく我に返る。

「それで、問題はあの相方の方かな？」

「はぁ……」

もう隠《かく》し事《ごと》はできない。レイフォンは素直《すなお》に頷《うなず》いた。

「ラファエラ君か……ニーナ君の選んだ恋人《こいびと》が彼という事実はなかなか興味深いが、ラファエラ君の選んだ恋人が彼女と考えると、少し首を傾《かし》げてしまうな」

「どういうことですか？」

「まぁ、しばらく様子を見てみようじゃないか。そのために来たのだろう?」

そう言われて、レイフォンは黙《だま》った。黙るしかなかった。

ラファエラに案内されて奥へと入ってきたニーナは戸惑《とまど》いが少しあるものの、堂々とした態度で近寄ってくる人たちと挨拶を交《か》わしている。

レイフォンには、とてもそんなことはできない。きっとすぐに戸惑って目立たない場所を探したことだろう。だけどニーナはラファエラの隣で逃《に》げることもなく会話の輪に参加している。

上流階級的付き合い方。フェリの言っていた言葉だ。ニーナやダルシェナ、そしてフェリはこういうことが当たり前にできるのだろうか。シャーニッドは自身の生まれについて多くを語ったことはないが、彼もそういうことは得意だろう。ナルキだってできてしまうに違《ちが》いない。

できないのは、レイフォンだけではないか。

そう思うと、胸の中に風が過ぎていったような気がした。孤児《こじ》という生まれに不満を持ったことはない。まともだといわれる家庭が想像できないからだ。

でも、もしも……もしもまともな家庭の中でレイフォン・アルセイフが育っていれば、こういうことも当たり前にできていたのだろうか? 天剣授受者《てんけんじゅじゅしゃ》として一身に栄誉《えいよ》を集め、

グレンダンの王宮で、あるいはどこかの会場でいまよりももっと堂々と、他《ほか》の人たちからの言葉を受け止めて、あるいは気の利《き》いたジョークの一つでも口にして場を笑わせていたかもしれない。

（……想像できない）

自分の貧困《ひんこん》な想像力に呆《あき》れながら様子を見続ける。いや、よく考えたら、そんなことをする天剣授受者《てんけんじゅじゅしゃ》はいなかったような気がする。トロイアットならできるかもしれない。サヴァリスももしかしたらできるかもしれない。カルバーンもそうだ。ティグリスも可能だろう。ルイメイはどうだろう？　リンテンスがそんなことをする場面なんて想像もつかない。

ああ、リヴァースさんは絶対無理だと思う。

ニーナたちは会話の輪から離《はな》れ、レイフォンたちと同じように小部屋へと入っていった。仕切りがあっても顔は見ることができる。

「でも、びっくり。隊長さんってあんなに変身するんだ」

「女性というものはいくつもの顔を持てるものだよ。それにくらべれば、男なんて底が浅い生き物だ」

「うっ。……それってわたしはまだまだということですか？」

「なに、女性は経験を積めば自然とそうなるさ」

「……男たちが群がってきますかね？」

「君はいまでも十分に魅力《みりょく》的な女性だよ」

「あははは。……会長さん、隣《となり》の方の目が怖《こわ》いです」

「うむ、私もいま、とてもわき腹が痛いよ」

脂汗《あぶらあせ》で額を輝かせるカリアンに、冷たい目の女性、冷《ひ》や汗《あせ》を浮《う》かべているミィフィ……そんな光景を横に、レイフォンはニーナの様子をうかがっていた。

確認《かくにん》した。

目的は達成することができた。『夜会』に潜入《せんにゅう》し、ニーナを確認することができた。

ラファエラという男と付き合っている。

これは、そういうことなんだろうと思う。

なら、これ以上のことはない。後は、ミィフィに記事にしないように頼《たの》むだけだ。あんまり騒《さわ》がれたらニーナの迷惑《めいわく》になってしまう。ニーナが幸せなら、それでいいと思う。

だが、なんだろう。

胸の中を過ぎていく風がさっきよりももっと冷たくなったような気がする。なんだろう、なんだろうと何度も考える。この気持ちは、ニーナがいきなりいなくなってしまった時に似ているかもしれない。違うかもしれない。似ているだけでまったく別物かもしれない。

だって、ニーナはすぐ目の前にいるのだから。練武館での彼女はまったく普通《ふつう》の、いつも通りだった。だから、レイフォンにとってはなんの変化もないはずなのだ。おそらくはこれからもそうだ。ニーナはいる。いつもどおりに。レイフォンの目の前にいる。

なのにどうして、こんなにも……？

奇妙《きみょう》な感じは晴れる様子もなく、時間だけが過ぎていく。

楽団が曲を変えた。

会話の邪魔にならないようなものから、テンポのはやい明るい曲に変化した。

その途端《とたん》、会場の人たちの動きが変わった。男たちが自らの相方の手を取り、会場の中央に開いていたスペースに集まる。

ダンスが始まった。

動きの激しいダンスに、参加しなかった者たちの中から笑いがこぼれる。楽団の演奏がより激しくなる。早いテンポに翻弄《ほんろう》されるようにダンスも早くなり、失敗するカップルも現れる。笑いが激しくなる。周りの者も、踊《おど》っている者も。転げたカップルも笑っていた。

その中で踊る、ニーナも笑っていた。

「今夜はずいぶんと健全だな。初めて来た時には顔をしかめたくなるような集まりだったのだけれど」

「武芸長がいらっしゃるからでしょう」

カリアンの感想に、隣の女性が答える。

「いや、それだけではないだろう。いまの『夜会』の中心人物はラファエラ君だと聞いている。彼が『夜会』の清浄化《せいじょう》に成功したのだろう。派手な格好を好むが、根は真面目《まじめ》な気のいい男だよ」

そうだ。外見に目が行ってしまうが、あのラファエラという人物に対して誰《だれ》も悪いことを言わなかった。シャーニッドは、その呼び方からして親愛の情を抱《いだ》いているようだったし、ダルシェナも嫌《きら》ってはいたがそれでも悪く言うことはなかった。

ラファエラは好人物だということだ。第一小隊の隊員だというし、外見とは裏腹な、堅《けん》実《じつ》な強さを持っているということだ。天剣授受者《てんけんじゅじゅしゃ》を思い出せば外見に惑《まど》わされることの愚《おろ》かさがわかるはずだ。リヴァースの弱気な相の奥にある鉄壁《てっぺき》の意志。バーメリンの突飛《とっぴ》な格好の奥に、あんな実力が隠されているなど普通の人は思わないに違いない。

ラファエラは、ニーナの恋人としてなんの遜色《そんしょく》もない人物。

そういうことなのだ。

音楽が変わった。今度は緩《ゆる》やかな、ムードのある曲だ。音楽に合わせて照明が落ち、踊りも変わる。男の手が相手の腰《こし》に回され、より密着した雰囲気《ふんいき》のあるものとなった。

「さて、ここにいてばかりでは、君も来たかいがないだろう」

「あ、会長」

カリアンが相方の手を引いて行ってしまう。

取り残されてしまった二人は、顔を見合わせた。

「……どうする？」

「どうしようか？」

ミィフィの問いにレイフォンも首を傾げた。お互《たが》いにダンスに自信はない。それにこんな雰囲気でミィフィと踊るなんてそれだけで冗談《じょうだん》のように思えた。

「レイとんと……うーん、ないわね」

ミィフィの方もそんな風に考えている様子で、呟《つぶや》く。

「帰ろうか？」

「そうね。もう、調べることもないし。隊長さんのスクープが撮《と》りたいわけでもないし。ていうかカメラないし」

ここに来る約束として、会長からカメラの持ち込み禁止が指示されている。ミィフィは覚めた顔で頷いた。

二人してこっそりと席を立つ。ミィフィの方は髪《かみ》も下ろしているし、化粧《けしょう》もしていて普《ふ》段《だん》とは雰囲気が違うのですぐに彼女だとはばれないだろうが、レイフォンはもしニーナに見つかったらと殺到《さっけい》をして出口に向かった。

出口の前で手持ちぶさたに立つヴァンゼを見て、レイフォンはなんとなく振《ふ》り返った。

まさに、その瞬間《しゅんかん》だった。

驚《おどろ》くニーナの顔があった。

腰を強く抱《だ》くラファエラの腕《うで》があった。

その胸で揺《ゆ》らめくような形のニーナの指があった。

目を見開き、なにかを短く呟くニーナの顔のすぐ側《そば》に、ラファエラの顔があった。

まさにその瞬間に、レイフォンは振り返ったのだった。

拳《こぶし》が握《にぎ》られた。

なぜ握ったのかよくわからない。自分でもよくわからなかった。気持ちは「あっ……」だった。ただそれだけだった。それ以上はよくわからない。ただ、その短い息のような言葉に、なんだか切迫《せっぱく》したものがあったような気がして、握った拳をひらけなかった。

ゴッ！

拳が振るわれた。それはラファエラのほほにめり込み、彼は仰《の》け反ってニーナから離れた。

だが、振るったのはレイフォンではない。

レイフォンは驚いてその様子を眺《なが》めていた。

一歩もその場所から動いていない。

振るったのはニーナだった。

周囲で笑いが起きた。

「そこまでの許可はしていません」

ニーナの静かな声が笑いを一層大きくした。

「う……む、すまない。しかし、今夜はなかなか、よい気分になれたよ。ありがとう」

「いえ」

殴《なぐ》られたというのに礼を言うラファエラ。それに応じるニーナ。周囲の笑いが喝采《かっさい》に変わっていた。

「……しかし、しかし！　みなさん！」

いきなり、ラファエラが両腕を広げ、その場にいる全員に向けて声を上げた。

「わたしは、今度こそ真実の愛を見つける。いいや、みなさん！　賢明《けんめい》なるみなさんはもう気付いているだろう！　わたしももはや、これ以上欺瞞《ぎまん》に欺瞞を重ねることに嫌気《いやけ》がさした」

ラファエラが演説を始めた。

まるで踊りでも踊るかのように大仰《おおぎょう》に姿勢を変えながら、彼は言葉を紡いでいく。

「武芸者とは、すなわち血統だ。その血統を維持《いじ》することこそが武芸者たる者の本義だ。だがみなさん！　愛とは常にその本義と良き友であるとは限らないのだ。わたしの父がそうであるように、わたしの母がそうであるように。同じように、みなさんにも胸に覚えのある方もおられよう。血統と愛との噛《か》み合いきれない歯車の関係に悩《なや》みを抱く方もおられよう。

わたしもそうだ！

そしてみなさん！

わたしは今日こそ決意する。本義よさらば！　わたしは愛に生きるのだ！」

またも周りから喝采が起きる。

そこには、ラファエラの突然《とつぜん》の宣言の先にあるものがわかっている節があった。

ラファエラの視線はレイフォンへ……その頭上を視線のみならず肉体ごと飛び越《こ》えて出

口で立ち尽《つ》くすヴァンゼへ向かって行った。

「ヴァンゼよ。やはりわたしには君しかいないのだ！」

「やかましいわ！」

抱き付こうとするラファエラを、ヴァンゼの鉄拳《てっけん》が迎《むか》え撃《う》った。

ニーナのような手加減は、そこにはなかった。


「……レイフォン？」

そして、ニーナに見つかった。

†

「あの二人は、家柄《いえがら》として主従にあるのだそうだ」

帰り道、ニーナがそう説明してくれた。

「よくわからないのだが、ラファエラ先輩《せんぱい》の家が主で、ヴァンゼ先輩の家が従だそうだ。その二人が、第一小隊では逆転した関係にあるのだから、実力やそういうものとは関係のない、その都市ならではの文化なのだろうな」

「はぁ……」

二人は路面電車の停留所に向けて歩いていた。

「……これも、わたしには理解できないのだが、ラファエラ先輩は同性にしか興味がないらしい。いや、正確に言おう」

ニーナはとても言いにくそうだ。

「お前も見ただろう？　ラファエラ先輩は、ヴァンゼ武芸長が好きなのだ」

……あの後、鉄拳を食《く》らってもなおあきらめないラファエラとヴァンゼとの、よくわからない絡《から》み合いを『夜会』の参加者たちは笑いながら見守っていた。

あれは、いつものことのようだ。

ということは、ずっと前からラファエラはヴァンゼにその想《おも》いを伝えてきたということなのだろう。

「なら、どうして隊長と？」

「うむ。……それがな」

ニーナは、意外にもまじめな顔をした。

「まぁそれでも、当人もこのままではだめだと思っているのだろう。知人に事情を説明して『夜会』を共に過ごし、女性を好きになるよう練習していたのだそうだ。だが、その女性に恋人《こいびと》が出来てしまい、誘《さそ》えなくなり、急遽《きゅうきょ》わたしに声がかかった。最初は断ろうかとも思ったのだが、彼のまじめな様子に協力しようという気になってな、今回限りということで承諾《しょうだく》したんだ」

「なるほど……」

納得《なっとく》した。

それをレイフォンは、とてもニーナらしいと思ってしまった。

がんばる人間を放《ほう》っておけない。

なんともニーナらしいではないか。

「ところで、レイフォンはどうしてあんな場所にいたんだ」

「え？　あーその……」

まさか、ニーナに本当に恋人ができたのかどうか、確認《かくにん》するためだとは言えない。

「あの、上流階級というのを勉強しに」

とっさに、ミィフィが会長に使った言い訳を言ってしまった。

「社会勉強か？　まぁ、あの『夜会』はなかなからしくはあるが、シュナイバル式ではないからな。わたしもうまくできていたかどうか自信がないが……」

だが、ニーナはそれで納得してくれた。

「だが、ダンスはどこも共通だな。レイフォン、ダンスはできるのか？」

「え？　いえ」

「そうか。それなら教えてやろう」

「あ、や、いいですよ」

「なに、要はリズム感だ」

そう言うとニーナはその場でレイフォンの腕を取った。

人気《ひとけ》の絶えた停留所前で、街灯を浴びて、二人はダンスを踊《おど》った。

それは、電車が来るまでの短い時間だったが、レイフォンの胸にあった冷たさがとけていくには十分な時間だった。

パーソンズ

ミィフィ・ロッテン

勢いよく外縁部《がいえん》を踏《ふ》みつける。

それは、新しい都市にやってきた際の彼女なりの儀式《ぎしき》のようなものだった。

「あ、さて」

放浪《ほうろう》バスから降りて、ミィフィはそう呟《つぶや》き、吹《ふ》き付ける風を受け止めた。無精《ぶしょう》気味に伸《の》ばした髪《かみ》を、昔ながらに左右でまとめている。

大地を移動する自律型移動都市《レギオス》を追いかけて放浪していたバスも、都市が移動しなくなったいまでは定期的に都市間を往復するようになっている。

それでも、いまのところ放浪バスが放浪バスという名前を捨てることはない。みんながまだその名前に馴染《なじ》んでいるからだ。

十年や二十年もしたら名前は変わっていることだろう。それよりも前に、どこかの誰《だれ》かがしっくりと来る名前を考え出したらあっという間に入れ替《か》わってしまうかもしれない。

常識なんてそんなものだということを、ミィフィは知っている。

動き回る都市の時代から動かない都市の時代への過渡期《かとき》を生きるミィフィだからこそ、それがわかっている。

「ここがグレンダンね。近くまで来たことはあるけど、入るのは初めてだわ」

降車の人波に押されながら、街並みを見渡《みわた》す。

最強の武芸者たちが集《つど》う都市。汚染獣《おせんじゅう》と戦い続ける都市。あの日、空から落ちてきたなにかとの最終決戦の地となった都市。殺気だった、ギスギスした空気をなんとなく想像していた。

だけど、そんな空気はどこにもなかった。外縁部から都市部へと道なりに歩いているだけなのだが、すでにミィフィは事前に固めていた印象を修正しなければならないことに気付かされた。

都市部へ入るまでに宿泊《しゅくはく》や飲食、レジャー系などの店への勧誘《かんゆう》看板がずらずらと並んでいるのだ。

都市が動かなくなったことで都市外へと建物が広がっていくのは他の都市でも見ているけれど、グレンダンでの広がり方は他では類を見ないほどだ。

時代の変化に素早く対応

なんとなく頑固《がんこ》親父《おやじ》のような雰囲気を想像していただけに、この柔軟《じゅうなん》さは意外だった。

だが、よく考えればおかしくもないのかもしれない。

「まっ、レイフォンとかクララちゃんの故郷だしね」

あの二人のことを考えたら、そういう印象そのものがおかしいということになる。

身構えすぎていたのだなと、ミィフィは内心で反省した。

「まずは、情報収集なんだけど……」

歩いている途中《とちゅう》でもらった観光地図を手に、ミィフィは考え込む。

噂《うわさ》を聞いて飛んでは来たものの、その真相を確かめるためにはどうすればいいか。

「いきなり飛び込み取材とかしてもだめだろうしねぇ」

などと言いながら、ミィフィは歩き続ける。

観光地図はすでに折り曲げてポケットに突《つ》っ込んでいる。

歩いている途中で旅行者用の案内地図端末《たんまつ》を見つけたので、そこでさらに詳《くわ》しく調べて、目当ての場所を見つけ出した。

実はすでに情報を収集する当てはあった。

「そういうわけで、やってきました」

「はぁ」

にこやかに現れたというのに、相手の反応はいまいちだった。

「えーと、ミィ？」

「そそ、お久しぶりぃ」

やってきたのはサイハーデン孤児院《こじいん》という施設《しせつ》で、目の前にいるのはリーリンだ。

「お久し、ぶり」

「もしかして、覚えてないとか？」

ぎこちないリーリンの反応にミィフィは少しだけ不安になった。

「ツェルニのミィフィでしょ。覚えてはいるわよ」

そう言ったリーリンはようやく少しだけ硬《かた》さを抜《ぬ》いてくれた。

「でも、わたしがいたのは一年のほんのちょっとの間だけだったし、それに」

「まぁねぇ、もうけっこう経《た》ってるしねぇ」

リーリンが言いたいことを察して、ミィフィは頷《うなず》く。

要は、時間が経ちすぎていると言いたいのだ。

ミィフィがツェルニを卒業してからでも、すでに三年が経過しているのだ。そこに在学中の時間を加えれば……

「けっこう時間経ってるね」

「うん」

ミィフィの顔を覚えていなかったとしても、しかたがない。

なにより、リーリンだってミィフィの記憶《きおく》している姿とは少し違《ちが》う。知り合ったときから落ち着いた雰囲気《ふんいき》のある大人の女性という感じだったが、いまではその落ち着きに深みさえも感じられる。

「ごめんごめん」

気楽に笑って誤魔化《ごまか》した。

「それでね、お願いがあるんだ」

「え？」

「実は……」

ミィフィが早速《さっそく》要件を言おうとした、そのときだ。

「リーリンさーん！」

なんだか頼《たよ》りない声が近づいて来た。

「どうしたの、ミュンファ先生？」

やってきたのは、声の通りに頼りなさそうな眼鏡《めがね》の女性だった。歳《とし》はミィフィと同じぐらいだろうか。

頼りない雰囲気のわりには、動きがしっかりとしている。もしかしたら武芸者かもしれないと、ミィフィは思った。

「あの……シェファーくんが」

「シェファーがどうしたんです？」

「サテラちゃんと決闘《けっとう》だって、あの、ルッケンスの道場に」

「はあ？」

ミュンファの言葉に、リーリンが顔をしかめる。

「なんでそんなことになってるの？」

「えと、わたしにもわけがわからないんです」

涙目《なみだめ》になっているミュンファと慌《あわ》てている様子のリーリンを眺《なが》めながら、ミィフィは、いや、やっぱり武芸者じゃないかもと、眼鏡の彼女を観察し続けていた。

しかし、さすがにこのままだと話に乗り遅《おく》れる。

「えーと、シェファーくんとサテラちゃんて誰？　というかルッケンスって、もしかしてゴルネオ先輩《せんぱい》の実家ってこと？」

「あの、この方は？」

ミュンファが訝《いぶか》しげな視線を送ってくる。

「ん〜〜」

リーリンは額を指で押さえて考え込む。

どうやら面倒《めんどう》な問題が発生しているようだが、もちろんミィフィはおとなしく引き下がるなんてことはしなかった。

「あ、初めまして、あたしはミィフィ・ロッテン。こういうものです」

そう言って、名刺《めいし》を渡《わた》す。

「あ、はぁ」

名刺なんてものに慣れていないミュンファは明らかに戸惑《とまど》った様子で、その紙に書かれた名前と、誌名を見て首を傾《かし》げた。

「ワールド・タイムズ、とは？」

「あたしが編集で参加してる雑誌の名前。よろしくね」

「え？　は、はぁ」

「大丈夫《だいじょうぶ》、もうすぐここでも発売されるようになるから」

戸惑うミュンファにミィフィはにっと笑う。

「なにしろ、世界初の大広域情報誌を目指しているんだから！」

本命も大事だけど、目の前の事件も見逃《みのが》せない。

ミィフィは最後まで張り付くことを心に決めるのだった。

ゴルネオ・ルッケンス

人生において、清々《すがすが》しい気持ちというのは稀少《きしょう》な体験だ。

頭痛の種は常に近くにあるし、それがなくなることはない。一つが解決すれば新たな一つが現れ、さらにはもう一つ、二つと増殖《ぞうしょく》することもよくある。

頭痛の種というのはこちらが土に埋《う》めもせず、水もやらずでも勝手に芽を出し勝手に増える。

本当にまったく困った存在だ。

「なにごとだ？」

外の騒《さわ》がしさにゴルネオは道場へと戻《もど》ってきた。

午前の訓練が終わって休んでいたところだ。

「あ、師範代《しはんだい》」

広い道場には自主練をこなしていた門下生の武芸者が幾《いく》人か残っていた。そんな彼らも、外の騒ぎを窓から覗《のぞ》き見ていた。

「いや、お嬢《じょう》さんが」

その一言で、なんとなく事情を察した。

すぐに庭から聞き慣れた甲高《かんだか》い子供の声が重なって聞こえてくる。

「シェファーが来たのか？」

「そのようで」

門下生の言葉で、ゴルネオはこめかみを押さえた。

ゴルネオの娘《むすめ》であるサテラと、その幼馴染《おさななじ》みであるシェファーは仲が悪い。

それはもう、どうしてそんなに仲が悪いのに幼馴染みを名乗るのかと言いたくなるぐらいに、仲が悪い。

ことあるごとに決闘をしようとする。

「まったく、五歳でなにが決闘だ」

呻《うめ》くように呟《つぶや》きながら庭を目指す。

ただの五歳の子供なら、あるいはたとえ武芸者の子供であっても微笑《ほほえ》ましく見守ることができるだろう。五歳でできることなど限られている。それは、武芸者の子供であってもだ。

だが、あいにくとこの二人はただの子供ではない。

ぶつぶつと愚痴《ぐち》をこぼしながら駆《か》け足《あし》で庭へと出る。

「きょうこそけっちゃちゃちゃっく！」

「けっちゃちゃっく！」

けっちゃちゃちゃっくってなんだとは思わずにはいられないが、五歳児のやることの全てを突《つ》っ込んでいたらなにも進まない。

「やめないか！」

ゴルネオは声を限りに叫《さけ》んだ。勁《けい》を込《こ》めた戦声は庭を駆け巡《めぐ》る。

だが悲しいかな、彼の威嚇《いかく》は背後の道場から様子を窺《うかが》う門下生たちを気絶させることに成功しているというのに、声を正面から受けているはずの子供たちその他にはまるで通じていなかった。

二人の子供が向かい合っている。

一人は赤髪《せきはつ》の勝ち気そうな女の子だ。癖《くせ》が強い髪《かみ》の毛は、後ろでまとめていてもあちこちに跳《は》ねている。

これが、サテラ・ルッケンス。ゴルネオの娘だ。

そしてもう一人、対照的に癖のない黒髪の男の子だ。

名はシェファー・アルモニス。

そう、グレンダンの女王、アルシェイラ・アルモニスの息子《むすこ》だ。

三王家であるアルモニス家の御曹司《おんぞうし》がなにをしているのか。

「あら、ゴル。どうしたの？」

「あ、ゴルネオ、こんちはー」

こちらを無視して睨《にら》み合う子供たちとは別に、ゴルネオに目を向ける人物が二人いた。

この二人がまた、厄介《やっかい》だ。

「なぜ止めない」

すぐ近くの女性に責める口調で問いかける。

無駄《むだ》な努力であることは九割九分覚悟《かくご》しているのだが、しかし性格上、どうしてもこう動かなくてはならない自分の性格が恨《うら》めしくもある。

「どうして、二人とも楽しそうなのに」

サテラと同じ赤毛の女性は落ち着いた様子でそう言った。

「そういう問題じゃないだろう」

予想通りとはいえ、なんの解決にもならない返答にゴルネオは頭を抱《かか》えた。

彼女の名は、シャンテ・ルッケンス。かつてはシャンテ・ライテという名でゴルネオとともに学園都市ツェルニに在籍《ざいせき》していた。いまはゴルネオの妻で、サテラの母親だ。

そして、さらにもう片方。

こちらが母親なのだ。

あちらも母親に決まっている。

シェファーの父親が常識人であるなどとは欠片《かけら》も思っていないが、しかしこんな場面にウキウキ顔で参戦するような人物でないことだけは確かだ。

そう、ならば性格的に、そこにいる人物が母親であることは間違《まちが》いない。

間違いないのだが。

「なぜ若返っている！」

とりあえず、これは言っておかなければ気が済まないと、ゴルネオは叫んだ。

そこにいるのは、シェファーの母親、アルシェイラだ。それは間違いないだろう。

だが、その見た目は決して母親と呼べるものではない。

身長は間違いなく、前回に見たときよりも頭二つ分は縮んでいる。それに合わせて肩幅《かたはば》なども縮尺されており、その表情にも体格に相応《ふさわ》しい年齢《ねんれい》の若さが宿っている。

見た目的には十代の半ばほどにまで若返っているのだ。

「ふふふふ、驚《おどろ》いているわね、ゴルネオ」

シェファーの隣《となり》で、小さくなってしまったアルシェイラが腰《こし》に手を当て、胸を張っている。

「どれだけ勁力《けいりょく》を注ごうとも、肉体の成長を止めることはできても若返ることはできない。長く武芸者の中で定説になっていたわね」

定説になっていたというが女王のようにいつまでも若々しくいられた者は天剣授受者《てんけんじゅじゅしゃ》の中にだってそうはいなかった。

「なにが問題だったか、あたしはずっと考えていたのよ。膨張《ぼうちょう》した筋肉にしても皮膚《ひふ》にしても引き絞《しぼ》ればいいだけのこと。そうしていればそのうち、適正な量へと自然に回帰していく。そう、なら問題は骨なのよ。骨だけは、縮めるというわけにはいかない。だけど、あたしはその難問を遂《つい》に解き明かしたのよ」

哲学者《てつがく》にでもなったつもりなのか、難しい顔をしてアルシェイラは語る。

「答えを解く鍵《かぎ》は、骨密度にあったのよ！」

拳《こぶし》を握《にぎ》りしめてそう言ったアルシェイラの顔は輝《かがや》いていた。

「全体から急激な圧をかければ、それだけで骨は折れてしまう。そうではなく、長期的な優《やさ》しい圧をかけつつ、表面で形成している骨を少しずつ、内部へと押し込んでいく。そうすることによって骨を傷めることなく縮めることが可能だったのよ！」

なにを話しているのか、ゴルネオにはまったく理解できなかった。

「へぇ、なるほど」

「わかるのか！」

隣で感心するシャンテに、ゴルネオは驚愕《きょうがく》の目を向けた。

「もう、うるさい！」

子供を無視して騒ぐ大人たちにサテラが怒鳴《どな》った。

「これは僕とサテラの決闘《けっとう》なんだから、黙《だま》って見ててよ」

シェファーも迷惑《めいわく》げにアルシェイラを見る。

「なによ、さっきは噛《か》みまくったくせに」

「う、うるさい！」

「しかもサテラちゃんにフォローされたくせに！」

「だから、うるせー！」

顔を真っ赤にして吠《ほ》えるシェファーに同情する。

「だから、決闘なんかするなと言っている！」

同情はするが、それとこれとは話が別だ。

「子供がすることではないぞ！」

「子供でも、譲《ゆず》れないことがあるんだ！」

ゴルネオの怒《いか》りに、シェファーが反論してくる。

「そうだそうだ！」

こういうときばかり子供たちは息を合わせる。

「そういうわけで、今日こそ決着をつける」

「決着をつける！」

そう叫んだ二人が、剄を発する。

その瞬間《しゅんかん》、ゴルネオは腰を落としてやってくる衝撃波《しょうげきは》に備えた。

全身を大気が強く押してくる。顔面を全力で殴《なぐ》られたような痛みが襲《おそ》う。

子供二人が剄を放つ。

ただそれだけでこれだけのことが起こったのだ。

たかが五歳とは言えない。

この五歳児たちは、すでに尋常《じんじょう》ではない武芸者としての才能を発現させているのだ。

「まったく！」

あるいは兄をも超《こ》えるやもしれない逸材《いつざい》、そんな子供の誕生に、ルッケンスの家として
はまったくめでたいことだと喜ばれているが、ゴルネオ個人としてはどうしてこうなった

としか思えない。

「どうしてこうも、振《ふ》り回されるか！」

嫌《いや》になるぐらい誰《だれ》かのわがままに振り回されている。

「ああもうずっとか！　おれの人生はずっとか！」

「ゴル、落ち着いて」

取り乱すゴルネオを、シャンテが宥《なだ》める。

こうなっては、もうゴルネオには止められない。

なにしろ、剄の威圧《いあつ》で近づけないのだ。

「さあ、今日こそ決めるぞ」

「うん！」

シェファーが言い、サテラが頷《うなず》く。

「今日こそ……」

「リーリン先生がどっちのママか、思い知らせてやるんだから！」

二人はほぼ同時にそう叫び、ぶつかり合った。

発生した衝撃波はさっきの比ではなく、ゴルネオは吹《ふ》っ飛ぶ。

「って、あんたらのママはここにいるでしょうが！」

「そ、そうよ。サテラのママはわたしよ！」

吹っ飛んでいる途中《とちゅう》で、二人の悲鳴が聞こえてきた。

「…………ざまぁ」

少しだけすっとした、ゴルネオであった。

アルシェイラ・アルモニス

全力で母親であることを否定されました。

「なんで!?」

悲鳴となって迸《ほとばし》った疑問に、答えもツッコミもやってこない。息子は戦っているし、サテラの母親も同じ状態で固まっているし、常識人ぶったゴツイのは吹っ飛んでいた。

「なんで、どうして？　こんなに若返ったから？　若さが罪だとでもいうの？　美人で強くて女王とか、欠点がないことが問題？　近寄りがたいの？　息子にまでそんな風に思わせるなんて！　ああ、罪なのはあたしという存在そのものなのね」

「んなわけないでしょうが」

ツッコミは背後からやってきた。

「なにやってるんですか、もう、あいかわらず」

リーリンだ。

「あいかわらずってなによ」

「あいかわらずでしょう。二人とも、やめなさい！」

リーリンの声が戦闘《せんとう》の爆音《ばくおん》が響《ひび》く中に投げ込まれる。

ピタリ。

どこぞのゴツ男がわめき散らしてもまったく言うことを聞かなかった子供たちが、一瞬《いっしゅん》で動きを止めた。

「先生！」

「先生、止めないで！」

「止めます！　ていうか、なにやってるんですか」

「もう僕たち、いまのママにうんざりなんです」

「そうよそうよ」

子供たちの言葉に、母親二人が凍《こお》り付いた。

「なにがそんなにいけないの？」

リーリンが問う。

一応、気遣《きづか》いの空気はあった。

「だって、ママ、ご飯作れないし」

「おやつって言ったら、果樹園に盗《ぬす》みに行かされるし」

「夜でも平気で騒《さわ》ぐし」

「取ってきた果物《くだもの》を奪《うば》うし」

「ハマったからって同じものばっかり食べさせるし」

「おもちゃ壊《こわ》すし」

「服直せないし」

「ママ会で暴れすぎて保育園から追い出されたし」

「うちも」

次々と上がる子供たちの不満にだんだんとリーリンの表情が冷たくなっていく。

シェファーとサテラがそろって、リーリンが経営するサイハーデン孤児院《こじいん》に通うようになったのはつい最近だ。

母親二人の言い分は、特異な才能のために普通《ふつう》の幼児施設《しせつ》では育てられない。武芸者で保育士の資格を持つという稀少《きしよう》な存在のミュンファに是非《ぜひ》ともお願いしたい、という内容だった。

話を聞いたときは、リーリンも迷った。荒々《あらあら》しい子たちのような印象だ。親がいない子を預かるリーリンの施設ではなにかと問題が起きるかもしれない。

アルシェイラとは以前のように気楽に会うことは叶《かな》わなくなったので、シェファーとも面識はなかった。サテラも同様だ。

だから少し心配だった。

だが、その心配が杞憂《きゆう》だということは、すぐにわかった。

シェファーもサテラもとてもいい子だった。話せばわかってくれたし、院の子たちともすぐに仲良くなれた。

なにが問題だったのかと、首を捻《ひね》ったぐらいだ。

問題は、母親にあったということだ。

「前半はともかく、最後のはなかなか見過ごせませんね」

リーリンがじろりと睨《にら》み付けてくる。

「ははははは………………」

アルシェイラは乾《かわ》いた笑いしか出なかった。

「まぁでもこれはいいよ」

「おかげでリーリン先生に会えたもん」

「友達とももう話が付いてるんだ」

「でも空いてるベッドがいま一個だけだから」

「だから、家族になれるのは一人だけなんだ」

それを聞いた瞬間、アルシェイラは血の気が引いた。

「あ、やばい」

思わず声が出た。

しばらく会っていなかったとはいえ、リーリンに対してのこういう直感が間違《まちが》えるとは思わなかった。

アルシェイラの感覚を支持するかのように、リーリンの背後にいたミュンファが顔色を青ざめさせていた。

身近にいる彼女がそういう反応をするというなら、アルシェイラの感じ方は間違っていなかったということだ。

だから逃《に》げよう。

そう思ったのに。

グワシ。

「どこに逃げようというんですか？」

「あ、あれぇ？」

腕《うで》を掴《つか》まれ、しかも動けない。アルシェイラは戦慄《せんりつ》した。

「リーリンちゃんてば、一般人《いっぱんじん》に戻《もど》ったんじゃなかったっけ？」

あのときの戦いで、リーリンの中にあったアイレインの因子は彼の復活とともに失われた。彼女はただの人間に戻り、そのために王位継承権《けいしょうけん》の放棄《ほうき》も認められた。

たとえその役目を終えたのだとしても、グレンダンの三王家に宿る、強さを求める気質がそう簡単になくなるはずがない。

だから、リーリンの王位継承権の放棄は、かなり簡単に話が決まったのだが。

もしかして、みんながリーリンに騙《だま》されていたのか？

「えー戻りましたとも」

「あれぇ？　じゃぁ、これはどういう意味かなぁ？　これでもあたし、まだグレンダン最強だと思うんだけど？」

「もちろん、陛下が最強なのも変わりません」

「えーと、なら、これは？」

「陛下、知ってます？」

「な、なにを？」

「あの戦いの後の、アイレインさんとか、サヤがどうしたか？」

「行方《ゆくえ》不明……だよ？」

そう。あの戦いでアイレインとサヤは戦い、そして行方知れずとなった。戦いの中心にいたニーナの話では、ディクセリオの炎《ほのお》を浴びてそのまま消えたという。

だが、この世界はサヤによって生み出され、維持《いじ》されている。彼女の死はそのまま世界の死のはずであり、いま現在そうなっていないのであれば、彼女もまた死んでいないということだ。

その部分でとりあえず安堵《あんど》して、彼らの行方を捜《さが》すことはしなかった。なにしろ、戦後のグレンダンは復興で忙《いそが》しかったということもあったし、どこを捜せばいいのか、その見当さえも付かなかった。

「まったく迷惑《めいわく》な話なのですけど、あの人たちはあの戦いで傷つき、その回復を行っています。その潜伏《せんぷく》先として選ばれたのが」

「まさか」

「ええ」

彼女が頷いたその瞬間《しゅんかん》、まさに刹那《せつな》、彼女の左目が変化した。茨輪の十字を刻む、不可思議な目となった。

「今度は二人分の因子です。本当に、迷惑な話」

「つまり、いま、この世界を維持してるのって、リーリンってこと？」

「そうなるのかもしれませんね」

ニッコリ笑顔《えがお》からは恐《おそ》ろしさしか感じなかった。

ちなみに、これらの会話は二人にしか聞こえないよう最小音声によって行われた。こんなことができるということがそのまま、リーリンがただの人間ではないことを証明している。

「さて……」

ギリ……

アルシェイラを摑むリーリンの手が力を強める。

「あの、すっごく痛いんですけど？」

「もちろん、逃がさないためですよ？　四人揃《そろ》ってお説教を受けて頂きますから」

「いーやーだー」

アルシェイラの抵抗《ていこう》は完璧《かんぺき》に無視された。リーリンの雰囲気《ふんいき》の変化に子供たちも気付き、顔色を変える。

「逃げたら許しません」

その一言で、子供たちは金縛《かなしば》りとなった。

この後、シェファーとサテラは親を軽視する発言や、院に対する考え違いについてコンコンと説教されることとなった。

もちろんそれと同時に、母親たちにも保護者としての責任について説諭《せつゆ》されることになるのだが。

その後は子供たちの孤児院に対する考えを良い方向に修正していく作業もそつなく行ってしまう。

「本当に、敏腕《びんわん》保育士さんよねぇ」

「はい、憧《あこが》れます」

ミュンファが同意する。

「それにしてもあなたは存在感ないわね」

「あうぅ」

アルシェイラのツッコミにミュンファが小さくなる。しかしこんな彼女が天剣授受者《てんけんじゅじゅしゃ》であるハイアの婚約者《こんやく》なのだから、世の中はよくわからない。

そういえば、ハイアはサイハーデン流の門主になったのだったか。

「あのう……」

なんとなく、場に解決の空気が流れている中、ミュンファ以上に存在感なくこの場に交ざっていた人物が声を上げた。

「そういえば、あなたは誰《だれ》？」

「あ、レイフォンの同級生です」

「ああ、ツェルニの？」

「はい。どうも、ミィフィ・ロッテンです、陛下」

そう言ってアルシェイラに名刺《めいし》を渡《わた》してくるのだから、なかなか神経が太い女性のようだ。

「実は、リーリンに陛下に取材をさせてもらえるように頼《たの》もうと思ってたんです。よかったらこのまま、取材させてもらえませんか？」

「へぇ、なにが聞きたいの？」

「それは……」

そのときだ。

一つの音が、空気を引き裂《さ》いた。

「銃声《じゅうせい》？」

ミィフィが首を傾《かし》げる。

その姿が斜《なな》めに見える。

「おや?」

そう言いながら、アルシェイラは倒《たお》れる。

彼女の胸に、真紅《しんく》の染《し》みが生まれていた。

シャーニッド・エリプトン

なんでこんなことになったのか。

銃爪《ひきがね》の感触《かんしょく》を指から払《はら》い、舌打ちとともにその場から撤退《てったい》する。任務は果たした。あとはただ逃走《とうそう》するのみだ。

シャーニッド・エリプトンは屋根を走る。使用した錬金鋼《ダイト》はその場に放棄した。愛用の錬金鋼《ダイト》は剣帯《けんたい》に収まっている。

「まったく」

漏《も》らした声は最小にとどめている。殺到《さっけい》で気配も消している。グレンダンの空を駆《か》け抜《ぬ》ける風と同化してシャーニッドは屋根を伝い走る。

シャーニッドがグレンダンへとやってきたのは七日前のことだ。

呼び出されて、やってきた。

いや、そもそも、これはシャーニッドへの依頼《いらい》ではなかった。

シャーニッドの父に来た依頼を押しつけられたのだ。

「くそ親父《おやじ》めが」

だからこそ、シャーニッドの愚痴《ぐち》が止まらない。

「絶対にめんどくさいからって逃げやがった。おれだって逃げたいってぇの」

ブツブツと呟《つぶや》いていた口を閉じる。

背後で殺気が爆発《ばくはつ》した。

状況《じょうきょう》を理解した何者かが怒《いか》り狂《くる》ったのだ。

もう無駄口《むだぐち》など叩《たた》く余裕《よゆう》はない。殺到の維持に精神を研《と》ぎ澄《す》ませる。

距離《きょり》は一瞬で詰《つ》まれた。だが、こちらには気付いていない。

気付かれれば即死《そくし》だ。それだけの剄力が溢《あふ》れて肌《はだ》を痺《しび》れさせている。シャーニッドは息を潜《ひそ》めるしかない。

すぐそばにいるのは、子供だ。男の子。

シェファーという名前だというのは、さきほどまでのやりとりを盗《ぬす》み聞きしていたので知っている。

よくもまぁ、あの場に顔見知りばかり揃っていたものだと呆《あき》れる。

いるべき人間がいるのは仕方ないにしても、いない方が普通《ふつう》の人間までいた。

いったい、どうなっているのか。

一桁年齢《ひとけたねんれい》の子供に、石を呑《の》み込んだような緊張《きんちょう》を強《し》いられる。

そんな理不尽《りふじん》さに耐《た》えながら、シャーニッドは静かに移動する。

「どこだ！」

泣きながら叫《さけ》ぶ男の子に、罪悪感が湧《わ》いてくる。

それだけでもろくでもない依頼だと感じてしまう。

だが、そんな依頼でも無視できない理由があった。

「どこだ!!」

罪悪感に耐えつつ、シャーニッドはその場から逃《に》げた。

逃げたシャーニッドがどこへと向かうか。

一際《ひときわ》立派な屋敷《やしき》へとシャーニッドは忍《しの》び込む。動き回るお手伝いさんたちにも気付かれないまま、雇《やと》い主《ぬし》がいる部屋に滑《すべ》り込む。

「あ、ご苦労様でした」

出迎《でむか》えたのも、顔見知りだった。

クラリーベルだ。

「もう、こんな依頼はごめんだぜ」

「あははは、すいません。でも、シェファーくんは別に不幸になってるわけじゃないですしね」

「どっちにしても、子供を騙《だま》すのは後味が悪いんだよ」

笑うクラリーベルに、シャーニッドは顔をしかめる。

そう。

シャーニッドの放った弾丸《だんがん》は、確かにアルシェイラの胸を撃《う》った。

だが、グレンダン最強の武芸者が、シャーニッドの狙撃《そげき》を黙《だま》って受けるようなことがあるか？

そんなこと、あるはずがない。

「そりゃ、前にレイフォンに撃ちこんだことがあるけどな。あれだって疲労《ひろう》で精神的余裕がないときを狙《ねら》ったわけだし」

ふと昔を思い出し、そんなことを呟く。

つまり、これはただの芝居《しばい》だ。

狙った側も、狙われた側も承知の芝居でしかないのだ。

使った弾丸も剄弾《けいだん》ではない。輸血用の血液を使用したペイント弾だ。

「それにしても、こんなことになんの意味があるんだ？」

「ん～～うちの風習っていうか、決まり事みたいなものなんですけど」

クラリーベルがそんな風に言う。話せないというよりは、説明するのが面倒《めんどう》という風に感じられて、シャーニッドはため息を吐《つ》いた。

「てか、ここならおれより腕利《うでき》きいるだろうに。あっちには頼めなかったのかよ」

「あの人に頼んだら芝居とかじゃ済みませんもん」

「勘弁《かんべん》してくれよ」

「ふふふ、でも、これでシャーニッド先輩《せんぱい》も目的達成できるでしょ？」

「ぐぐ」

痛いところを突《つ》かれて、シャーニッドは呻《うめ》いた。

「そういうわけで、これですよね。報酬《ほうしゅう》」

そう言ったクラリーベルが差し出してきたのは、掌《てのひら》ほどの大きさの木箱だった。

「手に入ったのは偶然《ぐうぜん》ですけど、これ、そんなに大事なものなんですか？」

「ていうか、最初からおれ狙いだよな、この報酬」

「まぁ、シャーニッド先輩のお父さん、噂《うわさ》だと女好きですし、うちの師匠《ししょう》とキャラ被《かぶ》るんであんまり呼びたくはなかったんですよ」

「悪かったな」

「まぁ、どうせ先輩でもキャラ被るんでしょうけど」

「悪かったな！」

「ああ、やっぱりそういう流れのフォローで必要なんですね」

「がぁ！」

自分の見透《みす》かされっぷりにシャーニッドは吠《ほ》えた。

「そんなに大事なら浮気《うわき》とかしなければいいのではないですか？」

「それとこれとは話が違《ちが》う」

「理解不能です」

きっぱりと言い切ると呆れた目で見られた。

もらうものはもらった。なにを言われようと知ったことではない。

シャーニッドは手にした木箱を指で撫《な》でる。木箱は装飾《そうしょく》が施《ほどこ》された高価そうなものだ。

おそらくはクラリーベルの選択《せんたく》だろう。

「さて、いい加減、シェファーくんも真実を教えられて新たに怒り狂ってるかもしれませんね。こちらも次の準備を始めるとしましょうか」

そんなことを言いながら、クラリーベルが部屋を出て行く。

シャーニッドはそんな彼女を背に、受け取った箱を開け、中身を確かめる。

中に収められていたのは、ペンダントだ。鎖《くさり》は引きちぎれ、一部が溶《と》けている。鎖と飾《かざ》りの接合部分も癒着《ゆちゃく》している。あるいはそのおかげで、二つは分かれることなくそこにあり、発見されることになったのかもしれない。

いや、鎖があろうがなかろうが、奇跡《きせき》のような偶然のおかげには違いないか。

飾りも半分以上が溶けているが、それでも槍《やり》と盾《たて》を組み合わせたものだというのはわかる。

溶けかけの槍に名前が刻まれている。

ダルシェナ、とあった。

「これであいつの怒りが収まればいいけどな」

シャーニッドの戦いはこれから始まる。

クラリーベル・ロンスマイア

クラリーベルは意気揚々《ようよう》と歩いていた。

「さあ、いよいよ、わたしの時代がやってきましたよ！」

廊下《ろうか》を進みながらこれからの流れを考える。

「まずは、戴冠《たいかん》の儀式《ぎしき》よねぇ。それからぁ〜〜〜」

なんて考えていたら気配が屋敷に近づいてくる。

シェファーが殴《なぐ》り込んでくる可能性も考えていたのだが、気配の質が彼ではなかった。

先んじてエントランスで出迎える。

「なんだ、あなたですか」

「ひどい言い種《ぐさ》さ～」

やってきたのはハイアだった。

「なんかもう、この都市は相変わらずひどいさ～」

「あんな人が女王になれるんだから当たり前じゃないですか」

ぶつくさとそんなことを言うハイアに、なにをいまさらと呆れた目を向ける。

「そんなことより、シェファーくんはどうですか？」

「ご想像通りさ～」

「あ、やっぱり」

「そりゃもう、あんなんでも親さ。嘘《うそ》でも目の前であんなことになったら、そりゃ、取り乱すさ～」

「でも、言いだしたのは陛下自身なんで、わたしやシャーニッド先輩を恨《うら》まれたらたまりませんね」

「ま、そりゃそうだろうさ」

「それで、なにか伝言があるのではないのですか？」

「ああ、そうそう。予定通りにやるんでよろしく、だそうだ」

「それだけですか？」

「ああ、そうさ～」

「それぐらいなら、エルスマウさんに頼《たの》めばいいのに」

「あいつも怒《おこ》っちまってるのさ～」

「ああ、真面目《まじめ》な方ですもんね」

「陛下の悪戯《いたずら》もそうだが、狙撃手を見つけられなかったのが悔《くや》しかったのさ～」

「大変だったんですよ、都市外からそういう人を見つけるの。結局はツテ頼《だよ》りでしたが」

「あそこも変に人材が揃《そろ》ってたさ～」

ハイアの言い方には嘆《なげ》きのようなものが込《こ》められている気がした。

「そういえば、あなたはレイフォンと敵対していたんでしたっけ？」

「グレンダン王家に振《ふ》り回されっぱなしの人生さ～」

「それじゃあ、これからは、わたしに振り回されてくださいな」

「そううまくいくかさ？」

「いかせますよ」

そう言って、クラリーベルは不敵に笑うのだった。

ミィフィ・ロッテン

女王が倒《たお》れて。

シェファーが泣きながら狙撃手がいるであろう方向に向かって飛びだし。

騒然《そうぜん》とした空気が場を支配したそのとき。

「そういうわけで、死んじゃった☆」

むくりと起きて、アルシェイラはそんなことを言った。

「……………あなたは」

リーリンが言葉を失って盛大《せいだい》にため息を吐いた。

怒る気力さえも失っている様子に、アルシェイラが話しかける。

「いやいや、わりと冗談《じょうだん》じゃないのよ。いや、死んだのは嘘だけどね」

「わかってます！」

なんとか立て直した様子で、リーリンが怒鳴《どな》る。

「それよりも、なんでこんなことをしたんですか？」

「うーん、政治？」

「どこがですか？」

「いやいや、大事なことよ？　儀式の方が正解かな。王が死んだら、次を決めないといけないでしょ？」

「なにを言ってるんですか、結局、死んだのは嘘じゃないですか」

「たとえ死んだのは嘘でも、狙撃で心臓撃《う》たれるようなのはグレンダンの王には相応《ふさわ》しくないでしょ？」

「…………あ」

アルシェイラがなにを言いたいのか、リーリンはわかった様子だ。

「そう」

それに満足した様子で、アルシェイラが語る。

グレンダンの王は強者でなくてはならない。

天剣授受者《てんけんじゅじゅしゃ》を従え、襲《おそ》い来る汚染獣《おせんじゅう》を駆逐《くちく》する。

それが、グレンダンの王だ。

「つまり、仮初《かりそ》めでも死んじゃうようなのは、もう王の資格がないわけ」

「こじつけな気がしますよ」

あいかわらず、リーリンは頭を抱《かか》えている。

「なら、陛下は王位を譲《ゆず》るつもりなんですね？」

「そう」

「いまの王位継承権《けいしょうけん》一位は確か……」

「おっと！　そう簡単には話を終わらせないよ」

アルシェイラのテンションに、リーリンは嫌《いや》な顔をすることしかできていない。

「やっぱり、王の決め方を考えるのは先代王の役目よね。王位継承権順だけで決めるなんて味気ない。ここはひとつ、でっかいイベントにしてみようと思うのよ」

「普通《ふつう》、死んでる人は王の決め方に口を挟《はさ》めないと思いますけど？」

「そこはそれ、臨機応変に」

「自由すぎるから問題なんですよ」

「まぁまぁ、そういうわけで王位継承者みんなで大会開こうと思ってんの。リーリンも出る？　いまならユートノールを名乗り直してもいいよ」

「嫌ですよ」

「えー、そう言わずに。いまのままだとユートノール系の人物に目玉がいないのよねぇ」

「……怒りますよ？」

「ちぇー」

そんなやりとりが目の前で展開される。

ミィフィはあ然とするしかなかった。

なぜならば……

「王位継承のドタバタがあるって噂があるからやってきたんだけど、まさか目の前で起こっちゃうとか」

さすがになんの冗談かと思ってしまう。

「むしろ、その噂をどこで聞いたんですか？」

「え？　最近話題になってる占《うらな》い」

リーリンの質問にミィフィは当たり前の顔で答える。

彼女ががっくりと力尽《ちからつ》きる姿が不思議だった。

なにはともあれ、ミィフィはグレンダンでの王位継承者決定戦の取材に成功した。

戦いの一部始終を収めた映像メモリー付きのワールド・タイムズは刷れば刷るだけ売れるという奇跡を為《な》しえることに成功した。

これによりワールド・タイムズという情報誌は都市を超《こ》えた広域で知られるようになり、

やがてはその誌名の通りに世界中で読まれるようになる。

また同時に、グレンダン武芸者の強さがより広く知られるようになり、やがては武芸者たちの修行《しゅぎょう》の聖地として扱《あつか》われるようになるのである。

そして、この記事を書くことに成功したミィフィはこれから先もワールド・タイムズを支える敏腕《びんわん》記者として成長……

するかどうかは、まぁ、これからしだいということで。

ハイ・ブースター

荒野《こうや》に一つの都市がある。

どうやら、基礎《きそ》化する前に滅《ほろ》んでしまった都市のようだ。おかげで周辺の大地は第一次緑化さえも完了していない。乾燥《かんそう》して刃物《はもの》のように荒《あ》れた地面は現仕様の車輪移動車には向いていない。

移動を諦《あきら》めて、ニーナはランドローラーから降りた。

「状況《じょうきょう》は？」

(動きはありません)

白地の戦闘《せんとう》衣に縫《ぬ》い付けられた念威《ねんい》端子《たんし》が、ニーナの問いに乾燥した声を返す。

「内部の調査はどうだ？」

(妨害《ぼうがい》がひどく、現在のところ有益な情報は得られていません)

「周囲は？」

(はい。最近のものと思われる、大質量の物体を移動させた痕《あと》が大量に見つかりました)

「ならば、内部で何者かがなんらかの準備をしているのは間違《まちが》いないな」

（はい。現在、各隊は所定の位置に移動中です。司令は……）

「進めさせておけよ」

念威繰者《ねんいそうしゃ》の声を押しとどめ、ニーナは進む。

遠くに見える都市は制御《せいぎょ》を失った有機プレートに包まれ、そして枯《か》れていた。大規模な枯れ苔《こけ》の紗幕《しゃまく》は朽《く》ちた都市を天蓋《てんがい》のように覆《おお》い、その亡骸《なきがら》を隠《かく》しているようにも見える。

だが、その紗幕が隠しているのが、ただの都市の亡骸でないとしたら？

「検索者《スレーグカーグ》どもめ」

小さく、ニーナは呟《つぶや》く。

彼女がここへと来たのは、数日前の出会いが原因だった。

†

『堕天《だてん》の一夜』などと気取って呼ばれることもある。

荒れ狂《くる》う炎《ほのお》に対抗《たいこう》したあの一夜の後、世界は大きく変化を始めた。

その最初の変化として挙げられるのが、汚《お》染《せん》物質の減少、それにともなう汚染獣《おせんじゅう》の減少。

そして、自律型移動都市《レギオス》の停止だ。

カリアン・ロスの開拓団《かいたくだん》に端《たん》を発した荒野への移住事業は、多くの都市と人々に影響《えいきょう》を及《およ》ぼすことになり、人類の自律型移動都市《レギオス》からの脱却《だっきゃく》を急速に進めることになる。

それは同時に、動かぬ大地で暮らす人々と、大地を放浪《ほうろう》する自律型移動都市《レギオス》との間で、領土権的な問題を発生させることになるのだが、その問題は長期化も深刻化もすることはなかった。

後に『萌芽《ほうが》』と呼ばれることになる自律型移動都市《レギオス》の停止現象のためだ。

自律型移動都市《レギオス》がその歩行を止めるという現象は早い時期から確認《かくにん》されていたのだが、それが遂《つい》に完全な停止となり、圧縮植物によって構成されていた有機プレートが暴走に近い状態で急速に増殖《ぞうしょく》し、都市のみならず周辺の大地にまでその根を侵蝕《しんしょく》させたのだ。

やがて、一本の巨大《きょだい》な大樹となったそれは、周囲の大地を再生させた。自律型移動都市《レギオス》内のプラントで育成されていた様々な微生物《びせいぶつ》が大樹の根とともに大地の奥深くにまで浸透《しんとう》した結果、自然界の循環《じゅんかん》を再生させたのだ。

『萌芽』によって都市から追い出されることになった人々も、それによる大地の再生と、ロス開拓団他、先人たちの技術提供を受けることによって瞬《またた》く間に順応していくことになる。

こうして、人類は動かぬ大地に還《かえ》ることとなった。

やがて、開拓団は一つの国家を形成するようになり、国家間の通信と流通も整備されていき、ついには共通の暦《こよみ》が生み出されることになる。

新土暦《しんどれき》一四年。

それが、いまという時代だ。


ユフテルという街で、落ち合うと約束した。

「ふむ……」

待ち合わせの目印としてとてもいい彫像《ちょうぞう》付きの噴水《ふんすい》の前で、ニーナは首を傾《かし》げていた。

手首に巻いた時計を確認し、ついで彫像が抱えている時計も確認する。

同じ時間だ。

そして、約束の時間は過ぎていた。

「時間にはうるさかったのだがな」

そんなことを呟き、街を眺《なが》める。

遠くにはレギオス《レギオス》があり、緑の天蓋を広げていた。

自律型移動都市《レギオス》から大地母樹《レギオス》となったその姿は、じっと見ていると胸に来るものがある。

最初に『萌芽』したアナスナハトの決意を、ニーナは見届けたのだった。

そこに見えている大地母樹はアナスナハトではないが、彼女の決意がいまの時代の礎《いしずえ》となっているのは確かだ。

「時代に合わせて変化をしなくてはならないのはなんだって同じ。ただ、その様相が人間と違うだけのことよ」

そんなことを言い残し、全《すべ》ての電子精霊《せいれい》の母であるシュナイバルも自らを大地母樹に変化させた。

「それにしても……」

物思いから逃《に》げるように、ニーナは現実に意識を戻《もど》す。

「遅刻《ちこく》をする奴《やつ》ではなかったはずだが」

しかし、捜《さが》そうとする人間も過去の繋《つな》がりからの人物だ。知己《ちき》のことを考えようとして思い出が泡《あわ》のように浮《う》かび上がる。

その扱いに困っていると、うまい具合に現実がニーナを呼び止めてくれた。

拾ったのは、雑踏《ざっとう》に紛《まぎ》れた小さな音。

人の声。

くぐもった悲鳴だ。

聞き取った次の瞬間《しゅんかん》、ニーナはもうその場にいなかった。刹那《せつな》のつむじ風がその周囲を通り過ぎていた人々の足を止める。だが誰《だれ》も、そこにいたニーナのことは思い出せないまま、再び歩き始めるのだった。

中央付近はきれいだが、裏に回れば不具合のような汚《よご》れが目立つようになる。迷路のような路地、押しのけ合うような高層建築群、日陰《ひかげ》にわだかまる腐臭《ふしゅう》……かつては限られた土地を切り盛りしていたというのに、その精神性は際限のない広大な大地を与《あた》えられたことで、いとも簡単に崩壊《ほうかい》した。生じた不具合からは簡単に目を離《はな》し、次なる場所で新たなことを始める。

社会状況の急激な変化と、無限とさえ錯覚《さっかく》させる広大な大地での膨張《ぼうちょう》作業は、後始末という言葉さえも後の後に放置し、ただひたすらに発展という言葉を信奉《しんぽう》して進んでいる。

ここも、そういう後始末さえも忘れられている場所だった。

人の目が届きにくくなるが故《ゆえ》に、犯罪も起こりやすい。

いま、眼下で連れ去られている女性も、その被害者《ひがいしゃ》だった。

三人の男が、女性を抱《かか》えて走っていた。女性の顔には布袋《ぬのぶくろ》のようなものが被《かぶ》せられている。後ろから襲《おそ》いかかり、手早く布袋で目と口を塞《ふさ》ぎ、担がれる。女性の様子が、簡単にそのときの状況を頭に思い浮かばせた。

「おい」

先回りしたニーナは、彼らにそう呼びかけた。

いきなり現れたニーナに、男たちが足を止める。布袋の奥でうめき声が聞こえる。

「彼女が何者か、わかってのことか？」

ニーナの質問への答えは、ナイフだ。

そして、高速移動。

武芸者だ。

三人が三人ともナイフを取りだしたという点で、男たちがこの裏路地の住人であることは明白だった。こういう狭《せま》い場所ならば、剣《けん》などよりもナイフのような武器が良いに決まっている。

狭い路地をぶつかり合わないようにしつつ、高速で迫《せま》る動きにも慣れがある。

だが、ニーナは錬金鋼《ダイト》を握《にぎ》りもしない。

女性が放《ほう》り出されたのを確認すると、無手のまま前へと踏《ふ》みだし、するりと、水のように男たちの隙間《すきま》を流れてやり過ごすと、女性を受け止めた。

布袋を取る。

「ぐはっ！　げほ、げほっ……あれ、ニーナ？」

「大丈夫《だいじょうぶ》か、レウ？」

「な、なんとか……って、なにが？」

「攫《さら》われかけたんだ」

目を丸くしている彼女にそう言って、ニーナは振《ふ》り返る。

三人の男たちが、その場に昏倒《こんとう》していた。

「あと五キロメル離れていたらさすがにわたしでも聞き逃《のが》していただろうな」

「いや、私ももう、そんな遠距離《えんきょり》を一人で徒歩とかしないから」

ニーナの言葉に、レウが呆《あき》れた顔をする。

それからレウは自分で男たちを確認した。

「死んだ？」

「いや、気絶させただけだ。どうする？　警察を呼ぶか？」

「いいわ。どうせなにも知らないでしょ」

「ふむ」

軽く男たちの懐《ふところ》を漁《あさ》ってみたが身分を証明する物はなにもなかった。

「それよりお店の予約、時間がやばいわ。行きましょう」

忌々《いまいま》しそうな顔で乱れた髪《かみ》を直し、腕《うで》時計を見たレウは叫《さけ》んだ。

スーツ姿の彼女の所作には言葉とは裏腹の弱さ、たとえば指先が震《ふる》えている、なんて部分はまるでなかった。

「……レウ、ずいぶんと、ずぶとくなったなぁ」

「調停官なめんじゃないわよ」

勇ましくそう言った彼女の背は、本当に頼《たの》もしかった。


店には間に合った。

ユフテルの郷土料理を提供する店はレウが探し出してくるだけあって美味だった。

「探したというより、探させた、だけどね。ま、でも、情報収集は基本よ」

「うむ、なるほど」

「それより、第三のナローミロー移動はなんなのよ?」

「ああ、検索者《スレーグカーグ》対策だ」

「本音は?」

「……検索者がいるのは事実だ」

ちらりと周囲を見回す。

用意されていたのは個室だ。奥まった場所にあったので声が外に漏《も》れることはないだろう。念威端子《ねんいたんし》や盗聴器《とうちょうき》でも備えられていない限りは。

耳を澄《す》ましても怪《あや》しげな機械音や念威端子《ねんいたんし》特有の音はない。

いや、国連所属の戦時調停官である彼女にそういった手抜《てぬ》かりはないか。

「困るのよねぇ。配置しときたい気持ちもわかるけど、おかげで向こうの態度が変なタイミングで硬《かた》くなったりしたんだから」

「仕方ないだろう。人類初の領土を争う戦争など是《ぜ》が非《ひ》でも引き延ばさなければならないんだ」

「不可避《ふかひ》であることは認めるんだ」

「都市時代にセルニウムで争っていたものが、領土にすり替《か》わるだけ、そういう意見はある。だが、やりたくないのは我々だって同じだ」

「それなら、もう少し見えない場所に引っ込んでいて欲しかったわ。国連軍の、しかもハイ・ブースター指揮の第三軍が待機してるだなんて、『やるなら、両方ぶっとばす！』って、あからさまな脅《おど》しよ」

「交渉期限《こうしょうきげん》を超《こ》えたのはそちらだ」

「まぁいいわ。それでもなんとか、終わらせる目処《めど》は立ったから」

「それはよかった」

「当たり前でしょ。そうでなければ、護衛なしで呑気《のんき》にニーナとご飯なんて、できるわけないじゃない」

「それにしては怒《おこ》っているな」

「気に入らない終わらせ方だったからよ。ニーナ、あなたなら頭ごなしは結局寿命《じゅみょう》を縮めるわよって、上の人間に言えるんじゃないの？」

「会いたくない」

レウの言葉に、ニーナは顔をしかめた。

「なんでよ？」

「いま、人の動きにうるさいんだ。下手に近寄ると、学閥《がくばつ》がどうやらとうるさいことを言われる」

「うわっ、なら第三軍の派遣《はけん》から和解までの流れってツェルニ派の政治的パフォーマンスだとか思われるってことじゃん」

「実質、そういう流れにするんだ」

「ああもう腹が立つ」

「もうやめよう。気分が暗くなる」

「ほんとにもう」

喋《しゃべ》っている間に料理は食べきってしまったが、あまり心の躍《おど》る話題ではなかったためか、途中《とちゅう》で味がわからなくなってしまった。

それはレウも同じだったようだ。

「ああもう、食べ直し食べ直し」

給仕にメニューを持ってこさせるレウは自棄《やけ》になっているようにも見えた。

「若いなぁ」

そんなレウの姿に、ニーナはしみじみと呟《つぶや》いてしまった。

「はぁ!?」

それを聞いたレウがあからさまに嫌《いや》な顔をした。

「なにそれ嫌味?」

「いや、そういうわけでは……」

「年齢《ねんれい》の話を高位武芸者《ハイ・ブースター》様に言われてもねぇ」

「悪かった。悪かったよ」

失言だったと思ったので抗《あらが》う気にもなれない。ニーナはさっさと降参することにした。

「まったくふざけんじゃないわよ。こちとら体型と美容の維持《いじ》にどれだけ苦労してると思ってんのよ。いいじゃない今日ぐらいはっちゃけたって。ああもうあのジジイどもマジむかつくわ。またお前かみたいな顔して。補佐《ほさ》の子たちを前面に出せるわきゃないでしょうが。まったくもう……ええんか、そんなに若い子がええんか⁉」

「悪かった！　ほんとに悪かったから！」

しかも関係のないことまで思い出させてしまったようだ。

料理が来るまでの間、ニーナは謝りっぱなしになってしまった。

結局、料理のほとんどはニーナが片付けることになった。


「それで、心当たりは？」

場所は変えなかった。テーブルの料理は姿を消し、二人の手には、グラスが収まっている。

「なにが？」

「さっきの連中だ。忘れるな」

まだ酔《よ》っているようでもないのに演技ではない顔で問い返され、ニーナは呆れた。

「ついこの間までずっとそんな感じだったしねぇ。どっちの陣営《じんえい》も戦争派の押しが強かったから、調停に行った私の嫌《きら》われっぷりったらそりゃひどいもんだったのよ」

「では、推進派の意趣返《いしゅがえ》しか？」

「……んー、その可能性はあんまりないわね。それよりも高い可能性があるわよ」

「なんだ？」

「ニーナか第三軍をナローミローから撤退《てったい》させるために、親友の私を人質《ひとじち》にしようとした」

「なんだと？」

「検索者《スレーグカーグ》よ、あいつらがどうしているか、知っているでしょ？」

「廃都《はいと》の一つを占拠《せんきょ》しているという情報だ」

「その廃都に関して、なにか知ってる？」

「いや。……なにかあるのか？」

「私も詳《くわ》しくは。でも、今回の調停、気に入らない終わり方になったって言ったでしょう？」

「ああ、言ってたな」

「あれ、第三軍の圧力もあったんだけど、実はこちらの目をナローミローにある廃都に向けさせたくなかった、っていうのもあったようなのよね」

「なんだと？」

「ナローミローの土地というよりも、その廃都をどちらが領有するか、それを争っていたのではないかって気がするわ。領土分割の折衝《せっしょう》もそこら辺で火花散らしてたからね。……

どちらも誤魔化《ごまか》してるつもりだったみたいだけど」

「結局、どうしたんだ」

「国連預かりの緩衝《かんしょう》地帯にしてやったわよ、当たり前でしょう？」

そう言ったレウはしてやったりの笑《え》みを浮《う》かべるのだった。


親友は不可解な情報を残すと、護衛付きの車に乗って帰っていった。

現在の彼女には相応《ふさわ》しい姿だと思う。

国家間の様々な衝突《しょうとつ》を調停してきた彼女は、平和の維持者として多くの者から尊敬を集めている。

同時に、多くの者から恨《うら》まれてもいる。

そんなわけで、現在の彼女には一分とて護衛なしの生活など許されない。

「悪いことをしたな」

ニーナが気をつけていれば、合流するまでの短い時間、知らない街を一人で歩く楽しみを守ってやることはできたはずだ。

もとより気が回る性格でないとはいえ、ここしばらく個人への配慮《はいりょ》という意識が薄《うす》くなっているような気がする。

「気をつけねば」

そんなことを呟き、護衛など付けたこともない国連第三軍司令官は歩き始める。

頭の中にあるのはレウが残してくれた情報のことだ。

調停官として様々な国の内情に詳しいレウがわからないのであれば、政治の方面から情報を探《さぐ》るのは無理だろう。

では……？

（司令、そろそろ刻限ですが）

司令部付きの念威《ねんい》繰者《そうしゃ》からの定時連絡《れんらく》だ。

「ん、もうすぐ戻《もど》る。ああ、そうだ」

（はい？）

「国外通信の準備をしておいてくれ」

（了解《りょうかい》しました、防諜《ぼうちょう》難度は如何《いかが》いたしましょう？）

「いらん。呼ぶだけだからな」

（はぁ？）

よくわからないという声を無視し、ニーナは夜の街から消えた。

第三軍の駐屯地《ちゅうとんち》に帰還《きかん》したニーナは、念威繰者《ねんいそうしゃ》の詰《つ》め所で必要な連絡を取ると、まっすぐ自分の宿舎に戻る。

割り当てられた自室の前には、すでに連絡した人物が立っていた。

「うふふふ、イー&イー・ピッツァです。ご注文ありがとうございます」

ツェルニにいた頃《ころ》にはさほど交流があったわけではない。彼女はあくまでフェリの友人であった。

だが、卒業してからというもの、なにかと彼女とは鉢合《はちあ》わせすることが多く、いまでは連絡一つでどんな場所からでも訪ねて来てくれる間柄《あいだがら》だ。

「あいかわらず、変わらないなぁ」

ドアの前でピッツァの箱を抱《かか》えて立つエーリの姿は、レウの精神的な若さともニーナの勁力的《けいりょくてき》な若さとも違《ちが》う若さを保ってそこにいる。まるで、時間を止めたかのようだ。

それはまさしく、妖気《ようき》漂《ただよ》うという形容が似合いそうだった。

しかし、そんなことを問い詰めることにいちいち時間をかけたりはしない。まさしく時間の無駄《むだ》であることを、いまのニーナは知っているからだ。

部屋へと招じ入れたニーナは届けてくれたピッツァを開ける。エーリにも飲み物を渡《わた》すとピッツァをつまみながらレウの話を伝えた。

「ナローミローですか、はぁ、ここはそんなに遠くだったのですか」

エーリは呑気にそんなことを言う。

電子精霊《せいれい》たちの移動手段である、縁《えん》。かつて、ニーナも体験したことのある空間跳躍《ちょうやく》のようなそれと、エーリのそれはどうやら違うらしい。

まぁ、そのことはいい。

『知れば知るほど無駄なことを知った気になる』とは、彼女の親友の言葉だ。

「それで、この件だがどう思う？」

「うふふ、そうですねぇ……地図を用意してくださいます？」

小首を傾《かし》げるエーリに、ニーナは地図を引っ張り出した。

「ここがナローミローだ」

「ははぁ……あ、これがうちですね。ええとそれで……ああ、ツェルニです。うふふふ、懐《なつ》かしいですねぇ」

「……ああ、いまでも学園都市として独立自治権を維持している」

「ニーナ先輩《せんぱい》も支援《しえん》していらっしゃるのですよね？」

「できることはやっている」

「ご立派です」

「それで、どうだ？」

「そうですねぇ」

同じ言葉を繰《く》り返し、エーリは地図をあちこち見ては思い出話に花を咲《さ》かせようとする。

ただ、これは彼女の集中が切れて意識が逸《そ》れているのではない。地図上の記憶《きおく》にあるものの位置関係から、ナローミローが自分にとってどの位置にあるものか、そういう距離感《きょりかん》的なものを確認《かくにん》しているのだと、長い付き合いからわかるようになった。

なので、できる限り急《せ》かさないようにしつつ、しかし話が逸れすぎないように注意もする。

「ああ、わかりました」

そうしてようやく、エーリはぽんと手を叩《たた》いた。

「検索者《スレーグカーグ》が集まるわけです。なるほどなるほど」

「なんだ？　なにがわかった？」

「うふふふふ、吉報《きっぽう》です」

そう言ったエーリの顔はいつもの陰気《いんき》な顔を晴れさせ、明るく微笑《ほほえ》んでいた。

「あの人たちが帰ってきますよ」

翌朝、ニーナは一隊を率いて件《くだん》の廃都へ赴《おもむ》いた。

†

そうして、ニーナはここにいる。

(妨害《ぼうがい》が強すぎます。内部の状況《じょうきょう》はまるで読めません。司令、ここは一度、距離を置いて)

「この場の滞在《たいざい》時間は限られている。それはできん」

(それなら、別の隊に偵察《ていさつ》を命じてください。司令になにかあれば)

「お前たちの役目は都市から出てきた検索者《スレーグカーグ》を逃走《とうそう》させないことにある。不必要に初期配置を動くな」

(了解しました)

話している間に廃都の足下《あしもと》に到着《とうちゃく》した。

あえてゆっくりと接近したが、ここまで敵対行動はない。

だが、念威《ねんい》繰者《そうしゃ》が見つけた大質量の物を運んだ痕《あと》をこの目で確認した。

ニーナの鼻も代謝物の臭《にお》いを嗅《か》ぎ取っている。

「いるな」

そのことだけは、やはり確かだ。

一度の跳躍で都市の上に辿《たど》り着く。エア・フィルターの感触《かんしょく》は、当然ない。すでに必要のない時代とはいえ、あのわずかな抵抗《ていこう》を感じられなくなったのは寂《さび》しい。

外縁部《がいえんぶ》は枯《か》れた蔓《つる》系植物に呑《の》み込まれている。踏《ふ》めば簡単に砕《くだ》けた。

内力系活剄《ないりきけいかっけい》の変化、浮身《ふしん》。

ニーナは軽い剄という特殊《とくしゅ》な性質の剄で体重を殺し、枯れ蔓の上を進む。

枯れ蔓の下に見える建物から、どうやら外来者の受け入れ区画のようだ。

「これは……」

エントランスのプレートを見つけた。有機プレートの増殖途中《ぞうしょくとちゅう》でひっかかり、剝《は》がれたのだろう。いまだ錆《さ》びていないそれを枯れ蔓から引き離《はな》す。

「天蜘《てんち》都市アトラクタ……か」

聞いたことのない名前だ。

だが、こんな状態になっているということは『萌芽《ほうが》』以前に廃都になったのは間違いないだろう。

いったいなにが彼らを襲《おそ》ったのか？　汚染獣《おせんじゅう》か、セルニウムの枯渇《こかつ》か、どちらであれ、すでにそれらは脅威《きょうい》ではない。

ニーナは都市の奥を目指して足を速める。

「さて、いつ仕掛《しか》けてくる？」

鍊金鋼《ダイト》も抜《ぬ》かず、無防備に進むのは相手に仕掛けてこさせる挑発《ちょうはつ》の意味もある。

はたして、ついに相手が動いた。

静まりかえっていた空気がざわついた。

ニーナは足を止める。

空気がざわつきはした。だが、まだ姿を見せない。

足下の枯れ蔓はかなり荒《あ》らされている。内部にまで擬装《ぎそう》を施《ほどこ》す気はまるでなかったようだ。

それなのに、いまだ現れない。

どういう気なのか？

「いや……」

再び、ニーナは歩き始める。

空気に宿った緊張感《きんちょうかん》が一歩ごとに増していく。ここから先に近づかれたくないと考えているのか？

あるいは、敷《し》いた罠《わな》を踏むかどうかの瀬戸際《せとぎわ》に、ニーナがいるのか？

「どちらであれ……」

ただ歩き、進むだけで状況は動く。

ならば進むのみ。

そういう心持ちで、相手を待ち受ける。

事態の変化は次なる一歩を進めたそのときに起こった。

足下を覆《おお》っていた枯れ蔓の残骸《ざんがい》が一斉《いっせい》に浮《う》き上がった。

いいや、違う。動いたのは枯れ蔓ではない。

地面がたわんだのだ。

大地の急激な下降に枯れ蔓が置いていかれた。

そして、ニーナも。

「むっ」

剄による体重相殺《そうさい》で枯れ蔓の上を移動していたニーナは、落下することなく下降する地面から退避《たいひ》することができた。

「蓋《ふた》が抜けたか？　さて、なにが出る？」

地面の陥没《かんぼつ》はまさしくニーナの言葉通りの状態だ。

気流の乱れが枯れ蔓の残骸を巻き上がらせる中、暗い穴の奥で蠢《うごめ》く気配があった。

それがニーナを落とす罠であったのなら、ただ落とすだけで殺せると思われていたのは心外なことだった。そんな罠では、ただの武芸者でさえ死ぬことはないだろう。

そしてすでに武芸者との戦闘経験《せんとう》を積み上げている検索者《スレーグカーグ》が、たとえ大規模であろうとそんな単純な罠で済ますはずがない。

「いるな」

すでに、ニーナは近くにそれの存在を感知していた。

なにより、連続すべき事象が途中《とちゅう》で断絶していることからも、なにかが潜《ひそ》んでいるのは明白だった。

音が消えたのだ。

蓋となっていた地面が崩壊《ほうかい》し、落下し、粉砕《ふんさい》と続くはずの音が、落下の途中で消失した。

音を消した存在が、この大穴の奥に潜んでいる。

初撃を逃《のが》したその存在が、まだ潜み続けるのか、どうか？

「来るか」

新たな地鳴りが廃都《はいと》を揺《ゆ》らす。

都市を穿《うが》った大穴からなにかが出てこようとしてくる。

ニーナは剣帯《けんたい》に伸《の》ばした手を、止めた。

思い出したことがあった。

「うふふふ、一つ、占《うらな》いをニーナ先輩に」

「なんだ？」

帰り際《ぎわ》、エーリがそう言った。

「あんまり、都市を壊《こわ》さないのが吉《きち》ですよ」


どういう意図があるのか、エーリはついに明かさなかった。

すでに廃都と化しているとはいえ、かつては人類の大地だった自律型移動都市《レギオス》を粗略《そりやく》に扱《あつか》う気はない。

とはいえ、現状のニーナの破壊力《はかい》を考えれば、迂闊《うかつ》な場所で鉄鞭《てつべん》を振《ふ》るうわけにもいかない。

「ままならんな！」

苛立《いらだ》たしげにそう叫《さけ》び、ニーナは出現したものを見上げた。

黒い霧《きり》。そう見える気体状のなにかが大穴から出てきたものだ。

だが、そんなものがあったからといって、大規模な崩落《ほうらく》の轟音《ごうおん》がかき消えるのはおかしい。

それは、ただの気体ではない。

黒の気体は吹《ふ》き荒れる風を無視してその場に止まり、変化を起こした。

気体に無数の穴が穿たれた。

いや、それは穴ではない。瞼《まぶた》が開かれたのだ。

目が現れた。

それだけではなく、気体の各所から牙《きば》のような突起物《とっき》が無数に現れ、擦《こす》り合わされる音が周囲の大気を騒々《そうぞう》しく震《ふる》わせる。

「検索者《スレーグカーグ》を確認」

念威端子《ねんいたんし》にそう告げるが、返事はない。念威の妨害はいまも続いているようだ。

「下手に動かねば良いが」

念威通信が途切《とぎ》れたまま戦闘が始まったことで都市外に配置した部隊の足並みが乱れ、包囲網《ほういもう》が崩《くず》れることが心配になる。

なるが、この場でこの存在に対処しなければならないことも変わらない。

自身の軍の練度を信じ、ニーナは勁《けい》を高める。

黒い気体に宿る無数の目がニーナを見る。牙の擦れる音が激しくなる。敵意の表れだ。

「いい加減、お前たちの目的がなんなのか、喋《しゃべ》ったらどうだ？」

戯《たわむ》れにそう問いかけてみる。

もちろん、黒い霧がそれを教えてくれるはずはなかった。

新土暦《れき》九年。

国際社会の醸成《じょうせい》が進む中で、一つの国が一つの実験を行った。

その実験の継続《けいぞく》は、現在では国連が預かっているのだが、始まりは一つの国家を傀儡《かいらい》とした一人の研究者が暴走的に行ったものだった。

エルハルド・ゲートが見せた奇跡《きせき》を忘れられなかったその研究者は、傀儡とした国家の財を使い潰《つぶ》し、一つの計画を実行した。

絶界探査計画と名付けられたその計画は、世界の向こう側へと旅立つことを目的とされていた。

堕天の夜に現れた、割れた空の向こうへ行くための実験は、不幸なことに成功を収める。

成功の結果として空間は割れ、その向こうにある世界と呼んでいいかもわからない領域、オーロラフィールドが姿を見せた。

しかし、そこから現れたのはエルハルド・ゲートの奇跡ではなかった。

代わりに現れたのは、検索者《スレークカーグ》という名の悪夢だった。

悪夢に名を与《あた》えたのはその研究者だが、名の由来は誰《だれ》にも伝わってはいない。

その目的がなんなのかは、いまだ判明していない。ときに無作為《むさくい》な災厄《さいやく》として襲いかかり、ときにはこうして、なにかを策して一カ所に集まりもする。

その名の通りにこの世界にあるなにかを検索しているのか、それとも、誤ってその名が伝わってしまっただけなのか。

どうであれ、この悪夢は人に害を為《な》す。

「故《ゆえ》に、倒《たお》す！」

黒い霧が変化を始めた。

無数の帯状に分解した検索者《スレーグカーグ》がニーナに襲いかかる。

ニーナは後方に下がりつつ、手の上で剄を練りながら帯の動きを見極める。

帯が一斉にニーナに食《く》らいつこうとした瞬間《しゅんかん》、手の上で練っていた剄をその場に放《ほう》り、一気にその場から後退する。

外力系衝剄《がいりきけいしょうけい》の変化、獣王無塵《じゅうおうむじん》。

ニーナを覆う軽い剄とは相反する重い剄。掌上《しょうじょう》で極限まで凝縮《ぎょうしゅく》されたそれは、自ら重力を発生させ、周辺にあったものを吸い寄せる。

ニーナに食らいつこうとしていた帯状の霧は全《すべ》てが剄の凝球《ぎょうきゅう》に吸い取られ、内部で砕《くだ》かれていく。

己《おのれ》の一部を凝球に剝《は》ぎ取られているのもかまわず、検索者《スレーグカーグ》はニーナへと迫《せま》ってくる。罠を仕掛けてくる知性があるにもかかわらず、その後の攻《せ》めは単調でしかなかった。

いや、単調にならざるをえないのか。

あるいは単調でも問題ないと思われているのか。

なぜならば、検索者はすでに廃都中に満ちていたからだ。

背後からの気配を確かめることなく、ニーナは進路を変更《へんこう》する。獣王無塵の凝球を次から次に退路に放つ。凝球がその重力を維持《いじ》する時間はそれほど長くはない。それでも確実に相手を削《けず》っているはずだが、それにかまう様子はない。

生物としての自己を管理するための神経など、検索者にはないのだろう。

「だからこそ、こちらも罠にかけやすい」

浮身《ふしん》によって地面を滑《すべ》るように移動していたニーナは、いきなり平面移動をやめた。

縦の移動。

浮身を解除し、上空に向かって跳躍《ちょうやく》する。

急激な移動にもかまわず、検索者はその霧状《きりじょう》の体でニーナに追いすがる。

枯《か》れ蔓《つる》に覆われた高層建築群を越《こ》え、かつてあったエア・フィルターの圏内《けんない》も越え、ニーナを空へと運ぶ。

検索者はニーナを追う。

都市中から、建築物の隙間《すきま》から、路地という路地から、窓という窓から、地面の亀裂《きれつ》を抜《ぬ》け、砕けたガラスを抜け、枯れ蔓の隙間を抜け、天蜘都市アトラクタの全てを黒く染めながら、検索者はニーナの落下点を塞《ふさ》ぐ形で上昇《じょうしょう》してくる。

「出たな、全て」

その膨大《ぼうだい》さに戦《おのの》くことなく、ニーナは練り続けていた剄を奔《はし》らせる。

回転させる。

凝縮させる。

外力系衝剄《がいりきけいしょうけい》の変化、獣王無塵・双重《そうがさね》。

両手で作り上げた二つの凝球を重ね合わせる。

強引《ごういん》に重なり合った二つの凝球はその変化の衝撃《しょうげき》でニーナを突《つ》き飛ばす。

その一方で相互干渉《そうごかんしょう》の関係性が出来上がってしまった凝球は、さきほどまでとは比べものにならない強力な重力を周囲に放つ。

強力な重力は都市中から這《は》いだしてきた検索者《スレーグカーグ》を捕《と》らえ、引き上げ、凝球へと引き寄せる。

それこそが、ニーナの狙《ねら》いだ。

凝球の重力に捉《とら》われ、検索者《スレーグカーグ》の黒い霧状の体軀《たいく》は宙に縛《しば》られる。

自ら放った剄技《けいぎ》の重力波に捉われるよりも先に、ニーナはその影響圏《えいきょうけん》から脱《だつ》した。

その場所は、奇《く》しくも検索者がその身を潜めていた大穴の底だ。

「ぬん！」

着地したニーナの手には二振りの鉄鞭が復元され、握《にぎ》られていた。

「終わらせる」

その瞬間、彼女の全身から剄が迸《ほとばし》る。

剄の光は深く穿たれた大穴から暗闇《くらやみ》を追い出し、光の柱となって都市へと吹き出す。

剄光《けいこう》が都市の地下を満たしたのは一瞬のみ。膨張《ぼうちょう》した剄光はニーナの体内へ収束し、循《じゅん》環《かん》し、回転し、変換《へんかん》し、二振りの鉄鞭へと流入していく。

踏《ふ》み出す足が瓦礫《がれき》を砕く。

周囲の空気が帯電し、火花が散る。

吐《は》き出す息が雷光《らいこう》を孕《はら》み、振り上げる鉄鞭とともにニーナは雷速《らいそく》で駆《か》け上がる。

活剄衝剄混合変化《かっけいしょうけいこんごうへんか》・雷迅《らいじん》。

解き放たれた二条の雷撃《らいげき》が、凝球へと駆け上がる。

轟雷《ごうらい》が地から空へと駆け上がり、検索者《スレーグカーグ》の黒い霧を引き裂《さ》き、その熱で焼く。

振り抜いた鉄鞭が凝球を打ち砕く。

いまだその効力を残していた凝球は、雷迅によって破壊され重力崩壊《ほうかい》を起こす。生み出されたエネルギーは衝撃波となって天で荒《あ》れ狂《くる》う。

凝球によって空へと吊《つ》り上げられていた検索者に逃《に》げ場《ば》はなかった。

爆発《ばくはつ》の音が全てをかき消す。検索者《スレーグカーグ》たちの悲鳴は誰にも聞こえなかった。


空を覆《おお》う黒と紫電《しでん》の爆発から抜けだしたニーナは、再び天蜘都市の地面を踏む。

(……令……司令！)

念威端子《ねんいたんし》から声が響《ひび》いた。

「繋《つな》がったか」

(司令！　ご無事ですか？)

「ああ。だが、いくらか逃《のが》した。各部隊に逃《に》がさぬよう伝達。同時に都市内部に残存していないかの調査を」

(了解《りょうかい》しました)

通信を閉じると、ニーナは錬金鋼《ダイト》を剣帯《けんたい》に戻《もど》した。

戦闘《せんとう》の余韻《よいん》は枯れた植物のにおいで満ちていた。

戦闘で攪拌《かくはん》された大気はそれ以外の臭気《しゅうき》も巻き上げている。廃都《はいと》に満ちる腐敗《ふはい》と乾燥《かんそう》の臭気配分は乾燥に傾《かたむ》いており、やはりこの廃都が長い時間をこうして過ごしていることを教えている。

『あんまり、都市を壊《こわ》さないのが吉《きち》ですよ』

従いはしたものの、意味はいまだにわかっていない。ニーナ自身は壊していないが検索者が壊してしまったものはどうなのか？　そんなことまで考えていたら落ち着かなくなってくる。

エーリのもう一つの言葉を思い出す。

帰ってくると、彼女は言った。

帰ってくるのならば、その場に検索者《スレーグカーグ》がいるというのも頷《うなず》ける。検索者はそこからやってきたのだ。

だが、だとしてもなんのためにここにいた？　なにかの意図があったのか。それともただ、向こう側の気配に反応して、羽虫のように群がっていただけなのか？

検索者《スレーグカーグ》に関してはいまだにわからないことだらけだ。

かつてはあの向こう側にいたはずの者たち、アイレインやサヤ、ニルフィリアの消息はいまだに摑《つか》めていない。

「彼らがいれば、少しはわかるだろうに」

しかし、愚痴《ぐち》ってばかりもいられない。検索者との戦いはこれからも続いていく。その正体の追求を、生きているかどうかもわからない人物が戻ってくるのを待つだけで済ませるわけにはいかない。

それゆえに、あの計画はいまも続けられている。

絶界探査計画だ。

最初に計画を考案した研究者は向こう側の世界へと道を開くことのみを考えていたが、国連は検索者《スレーグカーグ》の正体を探《さぐ》るため、研究者から計画を奪取《だっしゅ》した。

だがいまのところ、その成果は現れていない。

第二次計画として向こう側へと旅だった者たちはまだ戻ってきていない。

「本当に、帰ってくるのか？」

エーリはそう言ったものの、ニーナは半信半疑だった。そうであって欲しいという願いはある。

だが、もう無理なのではないかという諦《あきら》めもニーナの心に巣くっている。

（司令、残敵の掃討《そうとう》は完了《かんりょう》しました。廃都内の調査も終了。検索者《スレーグカーグ》は残っていません）

「そうか」

（滞在《たいざい》時間の問題もありますので、そろそろ撤退《てったい》した方が）

「待て」

念威繰者《ねんいそうしゃ》の言葉を、ニーナは止めてしまった。

「制限ギリギリまで居座る。これでなにかが終わったとは思えない」

（しかし……）

「退避《たいひ》の準備はしていろ」

（了解しました）

念威繰者《ねんいそうしゃ》の不審《ふしん》げな声を無視し、ニーナは都市の中をうろつく。目処《めど》はどこにもない。

じっとしているわけにもいかないという理由で歩いているだけだった。

だが、変化はなにもない。

静まりかえった廃都の中を当《あ》て所《ど》もなくうろついているだけの自分を滑稽《こっけい》にさえ感じ始めた。

いや、それだけか？

「………しまった」

失念していることがあった。

エーリの言葉は、彼女にとっての重要なことしか喋《しゃべ》らなかった。

レウはなんと言っていた？

ナローミローの領有権を争っていた二国は、この廃都を狙っていると言った。

なぜ、狙っていた？　なにかが起ることを知っている様子があるとレウは言っていたはずだ。

長く放置され、いまや検索者《スレーグカーグ》が巣くうような廃都を、どうしていまさら狙う？

検索者はなぜここにいた？

三者は同じものを狙っていたのか？

では、やはりここでなにかが起こる？

(司令、もうすぐ時間です)

「ああ、わかった」

念威《ねんい》繰者《そうしゃ》の言葉に、ニーナは頷く。

たとえその可能性があったとしても国同士の約束を無視してこの場所に滞在することはできない。

(実は、さきほど二国の軍がこの緩衝《かんしょう》地帯に侵入《しんにゅう》したという情報が)

「なんだと？」

(いまはまだ衝突《しょうとつ》は避《さ》けるべきかと)

「むう……」

やはりなにかあるのか。しかし時間はない。

後ろ髪《うしがみ》を引かれる気持ちで退避を決めたそのときだ。

変化が起きた。

近くにあった建物が裂けたのだ。

「む……」

高層建築物が突如《とつじょ》として真っ二つになる光景には、高位武芸者《ハイ・ブースター》として歴戦の猛者《もさ》となったニーナもさすがに虚《きょ》を突かれた。

それはつまり、普通《ふつう》ならばあるはずの予兆がなにもなかったからだ。

いや、より正確に言えば、武芸者として培《つちか》ってきた感覚で察知できるものはなにもなかった、だろう。

あの裂け目は物理的に刻まれたものではない。

「来るか」

建物ではなく、空間そのものが裂けたのだ。

「異常事態だ。各隊、戦闘準備、だが無理をする必要はない。退却《たいきゃく》は各隊の判断に任せる」

緩衝地帯に侵入したという二国の軍の動きも気になる。

（………）

「ちっ」

返事がない。あるいは通信が切れているのか。

裂け目の変化を見守るために距離《きょり》を取ろうとして、ニーナはさらに気付いた。

目の前のものだけではない。

裂け目は、他《ほか》にもあったのだ。

都市のあちこちで裂け目が発生している。黒の中から多彩《たさい》な色を滲《にじ》ませては消えていく。

なにが起こる？

また、検索者《スレーグカーグ》が現れるのか？

ある意味で、それは正しかった。

違《ちが》ったのは、その形だ。

最初に見つけた裂け目からなにかが出てきた。

巨大《きょだい》すぎて、最初はそれがなにかわからなかった。

手だ。

巨大な手が裂け目の向こう側から覗《のぞ》いている。

手は黒い。純粋《じゅんすい》な黒に染められたその手が裂《さ》け目を押し開き、顔を覗かせる。

夜でさえも浮《う》いてしまいそうな黒が占《し》めている。おそらくは全身がそうなのだろう。

その頭部の中心に、面積の半分を占めるような巨大な目玉がある。

裂け目はさらに限界まで開かれ、巨体がこちら側の世界へと引きずり出される。

二本の手と二本の足、それを支える胴体《どうたい》と、巨人の体は人間とほぼ同じだ。違いは目が一つだということと、その大きさだろう。

輪郭《りんかく》のあちこちが解《ほぐ》れているかのようにゆらめいてもいる。

「やはり、検索者《スレーグカーグ》だな」

その姿を見て、ニーナはそう結論づけた。

この黒は、さきほどまでいた霧状《きりじょう》のものがより濃密《のうみつ》に結集した姿のはずだ。

都市に潜《ひそ》んでいたあれを凝《こ》り固めればこれぐらいにはなるか？　いや、ならない気がする。

ならば、ここに現れた一つ目巨人は、さきほどよりも強力だということか。

それが、多数現れた。

目の前だけではない。他の裂け目からも同じように巨人が現れている。

これは、尋常《じんじょう》のことではない。

「まったく、どうしてこうなるのか」

だからこそ、ニーナはそう呟《つぶや》いた。

アハスナハトの決断を招いた電子精霊《せいれい》動乱のときもそうだ。開拓団《かいたく》が掘《ほ》り出したアルケミストのゴースト騒動《そうどう》の時もそうだ。国家乱立時に起きたカリアン暗殺未遂《みすい》事件にしてもそうだし、その後の国連発足のときもそうだ。

その他、大小様々な、ニーナの関《かか》わった面倒《めんどう》ごとのほとんどがそうだ。

いきなりで、そして強力な戦力を見せつけてくる。

そういうものたちと戦って、戦って、そして戦って、その結果がいまのニーナだ。

「いい加減、この世界に安定というものは来ないのか」

愚痴気味にそう呟きつつ、ニーナは再び鉄鞭《てつべん》を復元する。

こうなれば、廃都をなるべく壊さないというエーリの申し出は守れそうにない。

「これほどの大規模な空間異常、廃都内だけで済んでいるのか？」

あるいは都市外に配置した部隊も危険な状態かもしれない。

「待っていられんか」

あるいは、久方ぶりに会えるのかとも期待していたのだが。

「退《ひ》くしかあるまい」

そう決断したニーナを遮《さえぎ》るように、一つ目巨人たちが襲《おそ》いかかってきた。

「ちっ」

その手から牙《きば》状のものが無数に溢《あふ》れ、縦に伸《の》び、槍《やり》となる。

振《ふ》り下ろされた槍が周辺の建築物を薙《な》ぎ払《はら》いながらニーナに襲いかかる。

それは、ニーナの退路を塞《ふさ》ごうとしているように見えた。

ニーナの胴回《どうまわ》りほどの太さのある槍が建築物を砕《くだ》きながら迫《せま》ってくる。槍の柄《え》を跳《と》んで避ければ、その後に大量の瓦礫《がれき》が波濤《はとう》となって覆《おお》い被《かぶ》さろうとする。

衝《しょう》 勁《けい》で波濤に穴を開け、そこを抜《ぬ》けて窮地《きゅうち》を脱《だっ》する。

だが、抜けた窮地の向こうにはまだ窮地がある。

巨人たちの包囲を抜けたわけではない。

引き戻《もど》される槍が背後からやってくる。いまだに宙で荒《あ》れ狂《くる》う瓦礫を跳《は》ねてそれを回避《かいひ》しつつ、浮身の移動に切り替《か》える。

全体の状況《じょうきょう》を確かめるためにも、ニーナは上昇《じょうしょう》した。

だが……

「なんだ？」

ある高さまで達したところで、ニーナは粘《ねば》りのようなものに捕《と》らわれる感触《かんしょく》に襲われた。

浮身による上昇速度も目に明らかなほどに落ちた。

なにかが廃都の空を覆っている。

「逃《に》がさない気か？」

しかし、こんな方法を持っていたとは。

「しつこいだけだと侮《あなど》っていたか」

力任せに抜けることはできそうにない。すぐに考えを切り替え、ニーナは地上に降下した。

逃げ場がないなら戦って切り抜けるしかない。

そう決めて、剄を迸《ほとばし》らせようとしたそのときだ。

「これは……」

自分以外の剄がどこからか発せられている。

遠くにいるような近くにいるような不可思議な感じ方だが、都市外にいる部隊のものとは質の違う気配は、覚えのあるものでもあった。

「まさか……」

ニーナは視線をさまよわせ、それを見つけた。

裂け目の一つだ。

その奥から轟《とどろ》くように剄の波動が溢れ出し、近くにいた巨人を呑《の》み込む。

来る。体がそう感じたのと、現象はほぼ同時だった。

外力系衝剄《がいりきけいしょうけい》の変化、轟剣四方陣《ごうけんしほうじん》。

使用者の任意の場所に剄を充満《じゅうまん》させ、物質化された凝縮《ぎょうしゅく》剄刃《けいじん》を発生させる。

巨人を呑み込んだ剄が、まさしくその刃と変化する。

巨人と並ぶほどの巨大な剣《けん》となる。

刃は脇腹《わきばら》に突《つ》き刺《さ》さり、巨人は奇怪《きかい》な姿勢を作って吹《ふ》き飛んでいく。

「あいかわらず、とんでもない剄力《けいりょく》だな」

質量が存在しないかのような吹き飛び方に呆《あき》れつつ、裂け目から飛びだしてきた彼を見る。

彼と彼女は、青の炎《ほのお》を纏《まと》った獣《けもの》に乗って現れた。

「レイフォン！　フェリ！」

ニーナは叫《さけ》ぶ。

その声に気付いて、レイフォンたちが近づいて来た。

「隊長、どういう状況ですか？」

「こちらが聞きたい」

「いや、レイフォン、いい加減、隊長と呼ぶのはやめましょう」

「ああ、そうなんですけどね」

のんびりとした会話に苦笑《くしょう》が零《こぼ》れる。

「変わらないな、お前たちは」

見た目もそうだが、会話もそうだ。

「なんですか、その苦労知らずを見るような目は？」

「いや、そういうつもりは」

ニーナの言い方が気に入らなかったのか、フェリが食ってかかってきた。

「なんですか、みんなして、ちょっとわたしが永遠の超絶《ちょうぜつ》美少女になったからって。嫉妬《しっと》されても困りますよね。なにしろこちらは生まれたときから美少女だったのですから、それがちょっとバージョンアップしただけじゃないですか。まぁ、エーリさんと同じ扱《あつか》いされても困りますけどね。あの人とは存在の質が違うのですから」

「いや、わかった。悪かったから」

もうこの手の話題を口にするのはやめよう。しみじみとそう思うニーナだった。

「それで、この状況、お前たちはなにか知らないのか？」

「いや、検索者《スレーグカーグ》の正体はだいたいわかったんですけど」

「そうなのか！」

「でも、ちょっと罠《わな》にはめられてまして」

そう言ったレイフォンの顔は、いつも通りにぼんやりとした困り笑顔《えがお》だった。

「罠だと？」

「隊長、わかってます？　この都市、空間的に閉じられているんです」

フェリの覚めた声が周囲の温度を下げていく。

「いくら隊長やレイフォンが常識を疑うぐらいに強くなっていたとしても、まだまだ世界の壁《かべ》を物理で壊《こわ》すほどではありませんしね。もちろん、わたしもですけど」

「ていうか、フェリだって隊長のこと隊長って言ってるし」

「……なにか問題がありますか？」

「ありません」

ギロリと睨《にら》まれて、レイフォンが即時《そくじ》降伏《こうふく》する。

「そもそも、隊長としか認識《にんしき》されない隊長が悪いんです」

「わたしが悪くなった！」

しかもニーナにまで飛び火してきた。

「それで、空間的に閉じられたというのは、なんだ？」

なんとか話をそらそうと、ニーナは足掻《あが》く。

「どういうこともなにも、そういうことです」

「いや、だからそれでは……」

「同一世界内ならば電子精霊たちの縁《えん》などを利用した跳躍《ちょうやく》手段もありますが、世界そのものを跳び越《こ》える方法など、まだ誰《だれ》も確立していません。縁にしたところで電子精霊自身か、彼らの協力を得ていなければ利用できません。つまりは、人類はいまだに空間跳躍技術を手に入れていないということです。それはつまり、どういうことかというと、絶界探査計画に必要とされる一ミリメルトル四方の空間に凝縮される七億ギガフォーストのエネルギー圧という、バカみたいな破壊《はかい》力を実現でもしないかぎり、空間的に突き抜ける方法はないということです。ちなみに七億ギガフォーストのエネルギー圧というものがどういうものであるかというのは……」

「わたしが悪かった！」

結局、ニーナも悪いことになってしまった。

「わかった。わたしが悪かった。で、わたしたちに脱出《だっしゅつ》する方法はないのか？」

「無理です」

躊躇《ちゅうちょ》なく、フェリは言いきる。

「なら、どうする？」

「たすけを待ちましょう」

「なんだと？」

「こちらからできることはほとんどありません。たすけを待つしかないでしょう」

「しかしそれでは……」

「まぁ、たまにはたすけを待つ側になるのもいいのではないですか？」

「いや、しかしそれは……」

「というか、あなたもいい歳《とし》なのですからいい加減、後輩《こうはい》を育てることを考えた方が良いですよ？」

「お前たちに年齢《ねんれい》のことを言われたくはない！」

あの日からまるで変わらない二人に、ニーナは叫んだ。

「というか、レイフォン、お前はなにを黙《だま》っているんだ？」

「いえ……」

「なんです？」

「いい加減、この巨人《きょじん》をどうにかしませんか？」

そんなことを言うレイフォンの背後に巨人が立っている。もちろん、ニーナやフェリの背後にも。

つまりは、囲まれていた。

「……たすけを待つというなら、こいつらも誰かにどうにかしてもらうのか？」

「まさか。さすがにそんなに早くたすけは来ないでしょう」

「まったく……」

平然とそう言ってのけるフェリに、ニーナは頭を掻《か》きむしる。

「隊長」

「なんだ!?」

「この都市、なんて名前ですか？」

「ん？　たしか、天蜘都市アトラクタだ」

「そうですか」

「どうかしたか？」

「いえ……」

言葉を濁《にご》しながらも、レイフォンの目は戦い以外のものを見ようとしているかのように周囲をさまよっている。

「なんだか、懐《なつ》かしい気がするんですよね。覚えはぜんぜんないんですけど」

「……そうか」

レイフォンの言っていることはよくわからない。だが、彼の横顔を見ていると、エーリの占《うらな》いはこのことを指していたのだろうことはわかる。

それになにか意味があるのか？

いや……

「なら、これ以上、この都市を壊させないためにも即時《そくじ》駆除《くじょ》をしなければな」

「その後は、のんびりと救援《きゅうえん》を待つことにしましょう。それまでの生活はアーティッシャがなんとかしてくれます」

「なに、お前、アーティッシャだったのか！」

レイフォンたちが乗っていた獣を見て、ニーナは目を丸くする。

襲《おそ》いかかる巨人たちには申し訳なかったが、恐《おそ》れる理由はなにもなかった。

「たった三人だが、第十七小隊が肩《かた》を並べたのだ。なにを恐れるものがあるか」

「その通りですね」

「はい！」

二人のうれしそうな顔がニーナの心を揺《ゆ》さぶる。

敵がどれだけ姿を変えようと、仲間がいれば恐ろしさも虚《むな》しさもすべて消えてなくなる。

その事実が身に染《し》みる。それがうれしくて、ニーナは疾走《はし》った。

あとがき

最後です。

書き下ろしは二本です。二十四巻以後の近い未来と遠い未来という感じでやりました。ここぞとばかりに新しい用語やら人名やらが出てますが、一応、それに付随《ふずい》する話もざっくり考えて作ってますよ。本当ですよ。

二十四巻のあとがきでも書きましたが二十五巻と同月に新作『ドラグリミット・ファンタジア』が出ていますので、そちらもよろしくお願いします。あと、講談社ラノベ文庫でも十月に『七曲《ななまがり》ナナミの斜めな事情』というのが出ますので、そちらもよろしくお願いします。

それでは。『鋼殻《こうかく》のレギオス』はこれにて終了です。読者の皆様、関係者様方、いままでありがとうございました。

雨木《あまぎ》シュウスケ

〈初　出〉

アーリー・ダイヤモンド　ドラゴンマガジン2009年1月号
バーベキュー・ポップ　ドラゴンマガジン2007年9月号
バス・ジャック・タイム　ドラゴンマガジン2007年12月号
ウェア・マイ・ローズ？　ドラゴンマガジン2009年7月号
パーソンズ　書き下ろし
ハイ・ブースター　書き下ろし

富士見ファンタジア文庫

鋼殻《こうかく》のレギオス25

アンド・ゼン・アフター・ザット

平成25年9月25日　初版発行

著者——雨木《あまぎ》シュウスケ

発行者——山下直久

発行所——富士見書房
〒102-8144
東京都千代田区富士見1-12-14
http://www.fujimishobo.co.jp
電話　営業　03(3238)8702
　　　編集　03(3238)8585

印刷所——旭印刷
製本所——本間製本

※定価はカバーに表示してあります。
落丁・乱丁本は、送料小社負担にて、お取り替えいたします。角川グループ読者係までご連絡ください。(古書店で購入したものについては、お取り替えできません)
電話049-259-1100（9：00〜17：00／土日、祝日、年末年始を除く）
〒354-0041埼玉県入間郡三芳町藤久保550-1
2013 Fujimishobo, Printed in Japan
ISBN978-4-8291-3931-8 C0193

イラスト／つなこ
ファンタジア大賞
原稿募集中！
賞金
大賞 300万円
準大賞 100万円
金賞 30万円 銀賞 20万円 読者賞 10万円
第27回締め切り 2014年2月末日
※紙での受付は終了しました。
最終選考委員
葵せきな（生徒会の一存） あざの耕平（東京レイヴンズ）
雨木シュウスケ（鋼殻のレギオス） ファンタジア文庫編集長
投稿も、速報もここから！
ファンタジア大賞WEBサイト http://www.fantasiataisho.com
既存のライトノベルの枠に
とらわれない小説求む！ 第2回ラノベ文芸賞も同サイトで募集中
ファンタジア文庫ファンに贈る
最高のライトノベル誌！
豪華付録、メディアミックス情報、
連載小説など、その他企画も盛りだくさん！
奇数月（1、3、5、7、9、11）
20日発売!!
ドラゴンマガジン
イラスト／つなこ